琐事的哲学

中国文学大师讲

陈思和 郜元宝 张新颖 等著

四川人民出版社

图书在版编目（ＣＩＰ）数据

中国文学大师讲.琐事的哲学/陈思和等著.－－成都：四川人民出版社，2025.1
ISBN 978-7-220-13194-3

Ⅰ.①中… Ⅱ.①陈… Ⅲ.①中国文学—现代文学—文学研究②中国文学—当代文学—文学研究 Ⅳ.①I206.6

中国国家版本馆CIP数据核字（2024）第057046号

ZHONGGUO WENXUE DASHI JIANG: SUOSHI DE ZHEXUE
中国文学大师讲：琐事的哲学
陈思和　郜元宝　张新颖　等著

出版人	黄立新
策划统筹	李淑云
责任编辑	朱雯馨
装帧设计	李其飞
责任校对	林　泉
责任印制	周　奇
出版发行	四川人民出版社（成都三色路238号）
网　　址	http://www.scpph.com
E-mail	scrmcbs@sina.com
新浪微博	@四川人民出版社
微信公众号	四川人民出版社
发行部业务电话	（028）86361653　86361656
防盗版举报电话	（028）86361661
照　　排	四川胜翔数码印务设计有限公司
印　　刷	四川五洲彩印有限责任公司
成品尺寸	130mm×185mm
印　　张	5.5
字　　数	95千
版　　次	2025年1月第1版
印　　次	2025年1月第1次印刷
书　　号	ISBN 978-7-220-13194-3
定　　价	48.00元

■版权所有·侵权必究
本书若出现印装质量问题，请与我社发行部联系调换
电话：（028）86361653

目 录

"一寸的前进",苦难中的力量　1

文贵良讲阿垅《纤夫》

苦难中的爱情,总是让我们充满敬意　8

陈思和讲曾卓《有赠》

谁能代表中国的未来　17

陈思和讲食指《相信未来》

人生如棋,棋如人生　26

严锋讲阿城《棋王》

"一地鸡毛"还是"一地阳光"　35

文贵良讲刘震云《一地鸡毛》

茶道之"道"　42

郜元宝讲周氏兄弟同题杂文《喝茶》

宇宙之大与苍蝇之微　51

张业松讲周作人《苍蝇》

一根烟的哲学与文学　56

段怀清讲林语堂《我的戒烟》

猫儿相伴看流年　62

王小平讲丰子恺《阿咪》

作家怎样给人物穿衣　72

郜元宝讲张爱玲《更衣记》、鲁迅《洋服的没落》及其他

草炉烧饼与满汉全席　81

郜元宝讲汪曾祺《八千岁》

口福能再长久一点点，就不仅仅是口腹之欲了　89

段怀清讲梁实秋《雅舍谈吃》

寻找生命中的桃花源　96

王小平讲王安忆《天香》

我们现在怎样做父亲　105

文贵良讲傅雷《傅雷家书》

惩罚和被惩罚，被伤害和伤害别人　112

张新颖讲余华《黄昏里的男孩》

资本与道德的较量　117

文贵良讲茅盾《子夜》

人们应当肯定，并且宝贵的是什么　124

郜元宝讲路翎《财主底儿女们》之二

吴妈与阿Q　137
郜元宝讲鲁迅《阿Q正传》
瞧马伯乐这个人　146
郜元宝讲萧红《马伯乐》
爱的缺失比钱的缺失更可怕　154
陈思和讲张爱玲《金锁记》

"一寸的前进",苦难中的力量
文贵良讲阿垅《纤夫》

一

纤夫,作为一种职业,已经从现代生活中消失了吧。但是,描写纤夫生活的艺术作品却仍然会把我们带回到那种艰难的生活场景,使我们情不自禁地为纤夫们的劳苦奉上默默的称赞。这样的艺术作品,著名的有诗人李白的《丁督护歌》和俄罗斯画家列宾的《伏尔加河上的纤夫》。

阿垅的《纤夫》是一首现代白话诗,创作于20世纪40年代。中国古代描写纤夫的诗歌,最有名的就是刚才提到的《丁督护歌》:

> 云阳上征去,两岸饶商贾。
> 吴牛喘月时,拖船一何苦。
> 水浊不可饮,壶浆半成土。
> 一唱督护歌,心摧泪如雨。

万人凿磐石，无由达江浒。
君看石芒砀，掩泪悲千古。

这首《丁督护歌》写酷暑时节纤夫们拖船非常辛苦，而喝的水还是那种泥浆般浑浊的水。整体而言，《丁督护歌》写出了纤夫劳动的辛苦艰难，抒发了李白怜惜悲伤之情。而阿垅的《纤夫》虽然也写纤夫的辛苦，但抒发的却是对纤夫力量的高度赞扬。

《纤夫》的第一节中写道：

嘉陵江／风，顽固地逆吹着／江水，狂荡地逆流着，／而那大木船／衰弱而又懒惰／沉湎而又笨重，／而那纤夫们／正面着逆吹的风／正面着逆流的江水／在三百尺远的一条纤绳之前／又大大地——跨出了一寸的脚步！……

嘉陵江是长江的重要支流之一，水流量大。逆吹的风、逆流的江水和沉重的大木船，都是纤夫向前移动的阻碍。"三百尺远"和"一寸"之短的对照，"大大地"与"一寸的脚步"之小的对照，这种看似很矛盾的表达方式，着力突出纤夫逆水而上的艰难。

第一节可以独立成一首诗，全诗的重要意象，包括风、江水、大木船、纤夫、纤绳和"一寸的脚步"

都已经出现，并且构成一幅完整的图像。这第一节诗也可以看作序曲，阿垅没有就此停止，而是极力铺展，接下来唱出两个悲壮而昂扬的乐章。

第一乐章以新鲜的比喻和比拟描写水、风和大木船这些纤夫前进的对立物，描写纤夫逆水拉船、逆风而上的劳作，以"一绳之微"所指示的正确方向作结。

嘉陵江两岸的风"是一个绝望于街头的老人"，"拉住行人"听它"破落的独白"。这嘉陵江两岸的风，久远，力量大，阻止着纤夫的脚步。

嘉陵江的江水"是一支生吃活人的卐字旗麾下的钢甲军队"。流动柔弱的水，被比喻为坚硬的钢甲军队，突出了江水阻止大木船上行的巨大力量。"卐字旗"让人联想到德国纳粹，则象征了江水这一巨大阻碍力量的反进步性。而大木船像"活够了两百岁了的样子"，"污黑而又猥琐"，"快要在这宽阔的江面上躺下来睡觉了"，写出了大木船的沉重、迟缓、老化。像老人的风，像钢甲军队的江水，像快要睡觉的大木船，多么沉重而古老啊，给人压抑到窒息的沉闷。但那联系纤夫和大木船的纤绳，却给出了昂扬坚定的方向，诗歌这样写道：

用正确而坚强的脚步／给大木船以应有的方向（像走回家的路一样／有一个确信而又满意的方向）：／向那炊烟直立的人类聚居

的、繁殖之处／是有那么一个方向的／向那和天相接的迷茫一线的远方／是有那么一个方向的／向那／一轮赤赤地炽火飞爆的清晨的太阳！——／是有那么一个方向的。

"是有那么一个方向的"这一表达出现三次，表明大木船的方向非常确定，不容置疑，而且也显示了这一方向的丰富内涵：第一，指向炊烟直立、人类繁衍生息的地方；第二，指向天地连接的茫茫远方；第三，指向阳光四射的清晨的太阳。这就指向了人类幸福的愿景和胜利的未来，给人向上乐观的希望！

二

第二乐章先写纤夫拉纤的姿态：佝偻着腰，匍匐着屁股，铜赤的身体与布满鹅卵石的岸滩地面成四十五度角。天空与地面平行，在这平行之间，斜插着身体弯成四十五度角的纤夫们。这种浮雕般的刻画，很有列宾《伏尔加河上的纤夫》的画面感。接着写纤夫的脚步：纤夫的脚步是非常艰辛的，因为路上布满有棱角的石头，松陷的沙滩上有滑头滑脑的鹅卵石，岸边有时是高大峻峭的岩石，有时还要站到湍急的洪水中，每移动一步都要付出艰苦的劳动。但纤夫们没有松懈,也不能松懈,在他们每个人以及群体的努力下,大木船又开始移动了!

这第二乐章的结尾也如第一乐章一样,把诗歌的意思归结到一条纤绳上,但第二乐章升华的是纤绳的组织力量。这一条纤绳"整齐了脚步",那是怎样的脚步呢?脚步是严肃的,脚步是坚定的,脚步是沉默的。这才是纤夫们的脚步!同时,一条纤绳维系了一切。

那一切是什么呢?

大木船和纤夫们,船上的粮食、种子和纤夫们,力、方向和纤夫们。所以:

一条纤绳组织了／脚步／组织了力／组织了群／组织了方向和道路,——

诗人用"整齐""维系""组织"三个动词鲜明地突出了那一条纤绳的巨大的组织力量!

三

最后一节是尾声,也是高潮:纤夫在前进,以"一寸的脚步"不断前进,向着太阳不断前进!第一句只有一个词语:"强进!""强大"的"强","前进"的"进",组成了"强进"这个词语。

突破巨大阻力的前进，才叫强进。诗歌中是这样写的：

> 强进！/这前进的路/同志们！/并不是一里一里的/也不是一步一步的/而只是——一寸一寸那么的，/一寸一寸的一百里/一寸一寸的一千里啊！/一只乌龟底竞走的一寸/一只蜗牛底最高速度的一寸啊！/而且一寸有一寸的障碍的/或者一块以不成形状为形状的岩石/或者一块小讽刺一样的自己已经破碎的石子/或者一枚从三百年的古墓中偶然给兔子掘出的锈烂钉子，……/但是一寸的强进终于是一寸的前进啊/一寸的前进是一寸的胜利啊，/以一寸的力/人底力和群底力/直迫近了一寸/那一轮赤赤地炽火飞爆的清晨的太阳！

这里写"一寸的前进"，非常震撼。

一寸的前进是那么艰难，是那么不容易。然后这一寸的前进，将走完一百里、一千里，最终带来胜利！"一寸的前进"所蕴藏的"一寸的力"既是一个人的力，也是群体的力。这"一寸的力"朝向"那一轮赤赤地炽火飞爆的清晨的太阳"，预示着光明的方向。这就把第一乐章里纤绳的方向性与第二乐章里纤绳的组织力量完美结合起来,将纤夫的形象推向新的境界。

纤夫作为一种职业已经消失了,我们不会惋惜,因为现代科学技术代替了这种繁重的劳动,这是人类的进步。但是阿垅的《纤夫》中,"一条纤绳"所指示的向上的"方向","一条纤绳"所凝聚的纤夫们的集体力量,"一条纤绳"所维系的纤夫们四十五度角的姿态,无不让我们对人类劳动者的精神奉上崇高的礼赞!

《纤夫》一诗写于1941年,发表于1942年。这个时候抗日战争正进入最艰难的时候。《纤夫》里的所有重要景物都有象征性,比如,大木船象征着中国,江水象征着打击、侵略中国的力量,风是帮凶,而纤夫无疑象征着千百万中国人民,那一条纤绳象征着千百万中国人民抗战到底的决心、意志以及力量,虽然每次都只是"一寸的前进",但毕竟是前进,胜利总在前头。但《纤夫》一诗,除了"卐字旗"外,没有其他词语表明具体的时代特征,因此它又具有超越时代、超越国家的力量。可以说,《纤夫》不仅是一首献给全人类反抗侵略力量的战歌,更是一首献给全人类劳动者的颂歌!

苦难中的爱情，总是让我们充满敬意

陈思和讲曾卓《有赠》

一

七月派诗人曾卓是在 1955 年胡风冤案中被牵连的"胡风分子"。"胡风分子"是一个特殊的群体，他们的性情、经历、思想，甚至社会关系，都未必相同，他们彼此之间也不见得都非常熟稔。但经历了一场意想不到的劫难以后，他们之间的认同感由衷地产生。

关于这首诗的写作背景，曾卓自己说得很清楚，这是送给他的夫人薛如茵的诗。在另一篇《我的生活道路和文学道路》中，曾卓叙述了他在 1955 年的冤案中被处理的遭遇："我有这样那样的缺点和错误，但怎样上纲也与'反革命'挨不上边。我却戴着这一沉重的'帽子'艰难地过了二十五年，从三十三岁到五十八岁，一生中的黄金时光。先是在监狱中单独监禁了两年，因病被保释。休养了两年，下放到农村劳动。1961 年 10 月，被分配到武汉话剧院担任编剧。"

从1955年5月到1961年10月，就是整整六年零五个月，曾卓与薛如茵虽然同住在一个城市，却没有见过面。然而现在,曾卓可以回家了,如他自己所说："六年多的阔别，现在我们终于可以相见了。她将以怎样的态度接待我呢？我的命运是在她手中了。"

在创作《有赠》之前，曾卓在监狱里因为怀念薛如茵而写了多篇诗歌。薛如茵在一封给友人的书信里告诉我们："1955年那场风暴袭击后的六年半，我们再次重逢。他送我最珍贵的礼物是饱尝人生沧桑，寄蕴着无尽的思念和温暖的喜悦所写的《是谁呢？》《在我们共同唱过的歌中》《雪》《两只小船》《有赠》《我能给你的》《感激》《无言的歌》等诗。他将这些诗抄在洁白的大32开的纸上，然后订成了诗辑，封面上写着'沉吟'二字。"

二

曾卓亲自编订的《曾卓文集》第一卷诗歌卷里，有一辑专门收录了他在特殊岁月里献给薛如茵的诗，一共八首。

第一首诗叫作《是谁呢？》，写于1956年。这是诗人在狱中的念想：是谁呢？——是谁"愿用洁净的泉水为我沐浴"，"愿用带露的草叶医治我的伤痛"，"在狂风暴雨的鞭打中,仍紧紧地握住我的手,愿和我一同在泥泞中跋涉","当我在人群的沙漠中漂泊,感到饥渴困顿,而又无告无助,四顾茫然,愿和我分食最后一片面包,同饮最后一杯水","当我被钉在十字架上,受尽众人的嘲笑凌辱,而仍不舍弃我,用含着泪、充满爱的眼凝望我,并为我祝福"……那个被问"是谁"的人,就是曾卓心目中的薛如茵。

从这首《是谁呢?》中诗人的所有期待里,我们看到了五年以后写的《有赠》的基本雏形,两首诗构成了特殊的呼应结构。

也许,《是谁呢?》这样的题目,表达了诗人在命运的残酷打击下,对自己心爱的女人也有一种捉摸不定的感觉——因为在那个时代,政治压力大于一切,大难临头各自飞的同林鸟比比皆是,所以他用了一个不确定的代词与不确定的语气,作为诗的题目。

但是,在监狱里一切心声只能是心声,传达不到对方的耳边,他只有靠着心灵感觉来自问自答,重温以往的温情聊以自慰。

同样写于1956年的诗《在我们共同唱过的歌中》,就是一种重温,在诗里诗人直接呼唤了"亲爱的人",并且用过去唱过的歌声渴望得到爱人的呼应。这是渴求生命信息的沟通,诗人在幻觉里似乎听到了他渴望听到的回音。

在前一首诗里，诗人发出了内心的呼唤——是谁呢？后一首《在我们共同唱过的歌中》则给予了回答。这段时间是曾卓最痛苦的时期，如他自己所说的："我在那间小房内，像困兽那样地盘旋，或是夜半躺在狭窄的木板床上大睁着眼睛望着天花板上昏黄的灯光，自己喃喃低语。"

他在自己最痛苦的时刻，把思绪集中到想念薛如茵的形象里。

1957年3月，曾卓在监狱里看到了一只鹰在高空飞翔，就写了诗歌《呵，有一只鹰……》，思绪飞向了狱外的广阔天地。

这以后他因病保释，两年后下放到农村劳动，一直到1960年年底，诗人望着弥天大雪，感到了深刻的孤独，在大雪中他又一次产生了强烈的诗情，于是就写了一首诗——《雪》。他吟唱着：

  雪落在我的心上。
  像每次落雪时一样。
  我又在雪中想起了你。

诗人思念的是他与薛如茵曾经有过的欢乐时分：

  想起了九年前的除夕，

> 我们怎样坐在挂篷的三轮车上
> 如同坐在乌篷船里，
> 篷外是欢呼声、锣鼓声、鞭炮声
> 是飘流的灯光和大雪。
> ……

这个回忆场景应该是1951年的冬天。在一个革命热潮的时代里，两个青年人坐在三轮车上，这个细节不会是凭空虚构，唯有两个人的世界里隐含着值得回忆的意义，非外人所知道。

薛如茵姓薛，诗人面对着大雪纷飞，由此产生联想，让自己的思念之情一发而不可收，一个名字在诗里呼之欲出："我轻轻地呼唤着雪，雪，雪……"

三

又隔了一年，1961年10月，诗人终于获赦，回到了他生活的武汉，恢复正常人的工作权利。

这时候诗人的爱情达到了高潮，一个月之后，他同时写了三首诗歌来吟唱自己的新生——《两只小船》《有赠》《我能给你的》。

请注意，在《曾卓文集》的排列上，《有赠》是排在两首诗的中间。

前一首诗题为《两只小船》，用暴风雨前后的小船意象隐喻诗人感情的破镜重圆，因为是通篇比喻，场景是虚写，仅仅为主题做了铺垫。而《有赠》则是用诗人的私人经验又一遍重述了"流放者归来"的主题。

这是一首情诗，又是一首特殊情缘下的情诗。吟唱的诗人是一个从远方归来的囚犯，他远远地望着自己的恋人居住的房间窗口，望着那远远的灯光，犹豫地、胆怯地又遏制不住狂喜地走近她……

诗歌前两段完全是用写实手法描写这对苦恋者见面时的场景。在真实的生活里，诗人是这样描绘他们的见面情景："她住在一栋大楼三层楼上的一间小小的房屋里。我先在楼下望了望，那里有灯光。我快步上楼去，在她的房门口站住了。我的心跳得厉害，好容易才举起了手轻轻地叩门。我屏住了呼吸等待着。没有反应，我又叩门，又等待了一会。门轻轻地开了，她默默地微笑着站在我的面前……于是我的生活——我们的生活开始了新的一页。"

曾卓这段描写于1976年的叙述，完全印合了《有赠》前两段的细节，诗人此时此地的心境在诗歌里得到了真实的表现。

接下来的七个小节，诗人的手法发生了变化，采用了虚实结合的方法，不断提升他所歌颂的爱情的意义。

第三小节是关键性的段落：

> 你为我引路，掌着灯。
> 我怀着不安的心情走进你洁净的小屋，
> 我赤着脚走得很慢，很轻，
> 但每一步还是留下了灰土和血印。

女主人居住的是现代设施的楼房，因此不会出现"掌灯引路"的细节；男主人公虽然从农村回到城里，大约也不会赤脚留下了血印。但是我们从这个"掌灯引路"的动作里，联想到但丁《神曲》里出现的贝雅特丽齐——她既是但丁的恋人，又扮演了但丁的引路天使，把他引向天堂。

诗人是从"感情的沙漠"中跋涉而来，他的渴望不仅仅是一般意义上的爱情，而是一切与感情相关的内容——信仰、自信、青春、友谊、前途——所有这一切都已经消失了以后，他需要的是一种力量，一种能够帮助他脱胎换骨，重新做一个新"人"的精神力量，他需要的是一个健康、新鲜的生命融入另一个衰朽、病态的生命，使之再生如火中凤凰。这种摧枯拉朽的力量，就叫作爱情。只有在这个意义上，诗中出现的"掌灯""引路"以及最后一小节出现的"炼狱""灵魂"和"烈焰""飞腾"等意象才能够贯通起来，构成一个完整的精神爱情的意象。

曾卓在人生的困厄之际遇到了这个"缘",这首诗从第五小节开始,几乎是一气呵成,向爱人倾诉自己的困顿、希望和追求。他毫不含糊地向爱人提出这样的请求:

> 我全身颤栗,当你的手轻轻地握着我的。
> 我忍不住啜泣,当你的眼泪滴在我的手背。
> 你愿这样握着我的手走向人生的长途么?
> 你敢这样握着我的手穿过蔑视的人群么?

这仿佛是诗人在向爱人祈求爱,但他所需要的爱,在今天的社会里也许是让人感到陌生的。因为在今天,许多人追求爱情无非是为了索取世俗幸福的保障,但偏有这么一些高贵的心灵,所追求的爱却意味着无条件的给予。爱是人的生命中最高贵的感情,一旦爱上了,就意味着对世俗一切的超越,尤其是爱上一个像诗人那样的"囚犯",爱情也许陪随伴着苦难、受辱和凶险的未来,那简直是一个站在地狱门槛上的承诺:我愿意……

《有赠》是一首被公认的现代爱情诗的经典。

诗人对爱人提出的要求，不是物质的而是精神的，"一捧水""一口酒"和"一点温暖"都是精神层面上的象征，它成了一首现代摇滚所传递的精神的先驱："我一无所有"，但"你这就跟我走"。

诗人曾卓的生命，在1961年11月被另一个生命所接纳，人生从此开始了新的旅途。曾卓继《有赠》后的一首诗《我能给你的》，又回到了物质世界的层面，描写了夫妇间的"小巢"生活。曾卓再接下来给薛如茵的两首诗《感激》《无言的歌》都写于1971年，那是在"文革"中期，诗人在那两首诗里，表达了夫妇在患难中相濡以沫、平凡而高贵的精神沟通。

谁能代表中国的未来

陈思和讲食指《相信未来》

一

食指，本名叫郭路生，祖籍山东。父母早年都参加革命，1948年11月21日，他的母亲在行军路上生下了他，为他取名"路生"。后来郭路生在发表诗歌时为自己取了一个笔名"食指"，因为他母亲姓时，为了感恩母亲，"食指"也就是"时之子"的意思。

食指在当代中国诗歌发展中，有着一个很特殊的位置。

中国新诗百年，其间出现过几个历史时期。从抗战到1949年是其中一个时期。这期间影响最大的抒情诗人是艾青。在艾青开创的时代诗歌潮流中，涌现出一大批优秀的诗人，如绿原、曾卓、邹荻帆、贺敬之、柯岩、郭小川等，形成了一个革命诗歌的传统。

那么，这个传统到了20世纪60年代，尤其是"文革"期间，是谁来继承的呢？接这个传统的就是食指。

食指的诗歌创作，早期接受了贺敬之、柯岩等诗人的影响。在20世纪50年代成长起来的一代人，青少年时期着迷一样追捧的，主要就是这些诗人的作品。20世纪70年代末，郭小川去世后发表的遗作《团泊洼的秋天》，在央视晚会上被朗诵，曾经激动了多少青年人的心！

食指在少年时期有机会认识贺敬之等诗人，直接受过他们的教诲，可以说，食指是在社会主义革命诗歌传统中成长起来、走上诗人道路的。但是，食指又不是简单地继承这个传统，而是把这个传统加以改造了。这是因为，食指又是在"文革"这样一个令人窒息的时代承接这个传统的。

那个时候，社会主义的革命诗歌传统也同样受到摧残，那些代表性诗人也同样被迫害，他们都在受难中，这就不能不在食指的心灵里烙下极其深刻的绝望阴影。就是这个时代烙下的阴影，使食指不自觉地把这样一个高端意识形态的诗歌范式，从天空拉到了地面，把它融化到民间大地。由于这样一个转变，一个高度理想主义精神引导的诗歌传统，被转移到了民间，用来真切表达一个个人（小人物）日常生活中的遭际。这就使食指写出了《相信未来》，写出了他一系列广为流传的诗歌。

食指的诗歌里有很多属于他个人的声音。

《相信未来》,未来是谁?谁能够代表中国的未来?这首诗里没有明确的指向,你读着"相——信——未——来"——从这四个字里,似乎有一种来自贺敬之、郭小川的诗歌旋律,一种恢宏的革命乐观主义的人生观(似乎未来总是要比现在更好);但是你再仔细读,设身处地地读这首诗,你就会感受到,这首诗里渗透了个人的绝望情绪,以及个人在绝望中的无奈。

二

食指还是中学生的时候,才十六七岁,就因为读过一些西方经典文艺作品,学校里认为他有"资产阶级思想",对他进行轮番批斗,这对一个中学生纯洁的心灵造成了毁灭性的打击。年轻人容易绝望,食指甚至跑到北京复兴桥上想投河自杀。他的这个绝望,从整个中华民族所经受的苦难来说,只是很小的挫折,微不足道,但是对一个敏感的孩子来说,就是灭顶之灾。

《相信未来》展示了这样一种痛苦:一个孩子般天真的诗人,面对巨大的绝望不知所措,他只有一个方法——把自己交给未来。"我"到底是好人还是坏人?是对的还是错的?"我"到底有没有价值?这一切,现在都说不清楚,只能把自己交给未来,让未来的人们去评价。

于是，诗人写出了这样的诗句：

> 我坚信人们对于我们的脊骨
> 那无数次的探索、迷途、失败和成功
> 一定会给予热情、客观、公正的评定
> 是的，我焦急地等待着他们的评定

请注意两个词：一个是"脊骨"，那是从后面来看诗人的后背（脊梁骨），诗人是先驱者，已经走到前面去了，后来的人们远远地望着诗人的背影，评判他，议论他，那是一个未来时态；然而诗人又说，"我焦急地等待着他们的评定"。"焦急"这个词，表达了诗人在写诗时刻（也就是他受到迫害、感到绝望的时刻），对于未来人们将会怎样评定他，充满了期待。这又是现在未来时态，是一种很少被运用的时态。

这首诗一共七节，前三节是一个段落，后四节是一个段落。在前面三小节里，诗人反反复复地告诫自己：我要相信未来。但是他对自我的告诫，其实很脆弱，是没有把握、稍纵即逝的。

我们来看第一、第二两个小节的诗歌意象。

> 当蜘蛛网无情地查封了我的炉台
> 当灰烬的余烟叹息着贫困的悲哀

我依然固执地铺平失望的灰烬
　　用美丽的雪花写下：相信未来

　　当我的紫葡萄化为深秋的露水
　　当我的鲜花依偎在别人的情怀
　　我依然固执地用凝霜的枯藤
　　在凄凉的大地上写下：相信未来

　第一个意象是"炉台"，就是灶台，里面有火，烧饭用的。在诗歌里炉台可以转喻为希望，因为它能给人们带来温暖，所以，"我的炉台"也就是"我的希望"。但是在这首诗里，"我的炉台"是被查封的，没有火，只有灰烬和余烟。希望的反面就是绝望，炉台的反面就是灰烬。年轻的诗人在铺平的灰烬上用雪花写下四个字："相信未来。"我们可以想象：雪花落在灰烬上，冷热的反差如此之大，雪花很快就被融化。也就是说，诗人虽然从心底里喊出"相信未来"，其实他内心毫无把握。

　　接下来就能理解，第二节"深秋的露水""别人的情怀""凝霜的枯藤"等诗歌意象，都是短暂、不稳定和生命枯竭的象征，用这些意象来烘托和营造"相信未来"的气氛，只能是凄凉的。当时诗人的心情确实是够凄凉的。

据诗人自己说，这首诗原来的第三小节还有另外几句，后来诗人觉得那几句诗的情绪有点高昂，与整首诗的格调不统一，就删掉了。于是直接联系到现在的第三小节，在读解上会有些困难。

现在的第三小节非常好：

> 我要用手指那涌向天边的排浪
> 我要用手掌那托起太阳的大海

诗人用夸张的比喻，把自己的手指比作涌向天边的排浪，把自己的手掌比作托住太阳的大海。然后他说"摇曳着曙光那支温暖漂亮的笔杆"，曙光就是早上的阳光，一束阳光射下来那就是他写诗的笔。——在这里，曙光的诗歌意象大家可以想象，二十岁的诗人，正是早上八九点钟的太阳。那么大的手拿着曙光干什么？是要"用孩子的笔体写下：相信未来"。这个比喻，让人联想起五四时期郭沫若创作的新诗《女神》，还有《凤凰涅槃》。诗人把自我夸大成一个巨象，像太阳一样，用他生命的洪荒之力喊出：相信未来。从表面上看，这个小节的诗歌意象与前面两节好像不一样，甚至相反。

三

但是，诗人究竟为什么要用这么大的力量来喊"相信未来"？他为什么不相信现在？为什么不相信过去？因为过去和现在都不属于他，没有让他可以相信的地方。所以他只能把自己交给一个谁也不知道的"未来"。

他用这么一个夸大的形象，就像过去艾青写的一首著名的诗《太阳》，诗里面有一句是："太阳向我滚来。"当时食指才二十岁，他想象自己的手像大海一样，这种写法就是超现实主义的。这样一个非常奇特的诗歌意象，构成了这首诗的特别之处。

你觉得诗人是在夸大自己吗？不是。为什么？因为诗人个人又是非常渺小，而且也非常绝望，如果他真的那么伟大，像大海一样，那么他的手一挥世界就湮灭了。这样的奇迹并没有发生，他依然还是很绝望。于是后面第五小节就出现了那样的句子——"不管人们对于我们腐烂的皮肉/那些迷途的惆怅、失败的苦痛/是寄予感动的热泪、深切的同情/还是给以轻蔑的微笑、辛辣的嘲讽"。

第五小节与前面引用过的第六小节是一个对照："腐烂的皮肉"与"我们的脊骨"。人的身体皮肉都会腐烂、速朽，所以它是与惆怅、苦痛联系在一起的，对于这一切，诗人是不在乎的，他不在乎未来人们怎么来看待他的皮肉。

"脊骨"则不一样，包含了一种朗朗风骨的精神追求。"脊骨"的诗歌意象来自俄国作家屠格涅夫的散文诗《门槛》：当一个年轻的女革命者怀着自我牺牲的理想勇敢地走进黑暗大门时，她根本顾不得以后的人们怎么来评价她，她完全不在乎后人说她是一个圣人，还是一个傻瓜。但是，年轻的诗人食指却是在乎的，所以他就把这样一个意象用到了这首诗里，他相信未来会有人理解他的。于是，他最后吟唱：

朋友，坚定地相信未来吧
相信不屈不挠的努力
相信战胜死亡的年轻
相信未来，热爱生命

这个诗人的自我形象，在诗歌文本里既很巨大，又很渺小；既对未来抱有期待，又很绝望。这样一个复杂的诗人意象，就这么伫立在我们的面前。《相信未来》这首诗不是在告诉大家：我们要相信未来，未来一定是美好的。这首诗给我们的意义也许是一种凄凉的宣告：我今天已经不能为自己做什么辩护了，但是我相信未来的人们会对我有一个公正的理解和评价。这就是在曾经荒诞的历史背景下，在迫害、歧视的高压之下，年轻的诗人庄严地把自己交给了未来。

从这里，我们也看到了中国新诗风格的转变，从"相信未来"这样一个革命乐观主义的人生格言，在具体意象的演变下，慢慢地完成了转换。而这个转换又直接开启了"文革"后诗歌的先河，塑造了那个时代的人们——尤其是青年人——从现实绝望到相信未来的转换。

人生如棋，棋如人生
严锋讲阿城《棋王》

一

大家都知道有句话叫"文人相轻"，就是说作家都是比较骄傲的，不太把同行放在眼里，但是有一位作家，大家都对他很尊敬，包括中国最有分量的一些作家，像汪曾祺、王安忆、王朔、张大春等。这位备受尊重的作家就是阿城。阿城可以说是中国当代作家中的异数，陈丹青说他是作家中的作家。

阿城还有一个奇异的地方，就是他的小说作品非常少：三部中篇，《棋王》《树王》《孩子王》，一部短篇集《遍地风流》，其他几乎没有了，就是这寥寥的几篇作品，一举奠定他在文学史上的地位，这种情况在文学界也是非常少见的。阿城的小说，可以说每一篇都是精品，每一篇都凝聚了他对人生非常通透的观照，冷静而不冷漠，悲悯而不悲情，深刻而不晦涩，平淡里有味，在入世中超然，于无声处听惊雷，这是一种难得的境界，其中包含了不少透彻的人生态度和智慧，值得我们反复咀嚼玩味。

《棋王》讲的是"文革"中一群知青的生活，他们身处僻壤，与世隔绝，命运多舛，物质和精神生活都非常匮乏，这看上去像是之前的伤痕文学的场景，但是却与伤痕文学的表现内容和形式都有了巨大的不同。

怎么个不同法呢？

我们可以看一下《棋王》的开头，写叙事者"我"坐火车下乡，在车站见到纷乱的离别场景：

> 车厢里靠站台一面的窗子已经挤满各校的知青，都探出身去说笑哭泣。另一面的窗子朝南，冬日的阳光斜射进来，冷清清地照在北边儿众多的屁股上。两边儿行李架上塞满了东西。我走动着找我的座位号，却发现还有一个精瘦的学生孤坐着，手拢在袖管儿里，隔窗望着车站南边儿的空车皮。
>
> 我的座位恰与他在一个格儿里，是斜对面儿，于是就坐下了，也把手拢在袖里。那个学生瞄了我一下，眼里突然放出光来，问："下棋吗？"

这是一个生离死别的场面，其中的"伤痕"意味不言而喻。但是，我们在读阿城作品的时候要非常小心，因为这里面不止一种情感，也不是一种简单的滋味。

比如"说笑哭泣"这简简单单四个字，一下子让人有一种众声喧哗、五味杂陈的感觉。然后他写冬日的阳光冷清清地照在北边儿众多的屁股上，这是以静写动，以冷写热，以景写人，以俗写雅，以喜写悲，以背面写正面，以轻盈写沉重，充满张力，又具有画面感（顺便说一下，阿城也是一位优秀的画家，他后来其实主要以绘画为生），其中的韵味妙不可言，这就是典型的阿城风格的文字。

这还仅仅是铺垫，乱哄哄的背景衬托的是一个沉默寡言、望着车厢另一边的人，他就是我们的主人公王一生。他看到"我"，两眼发光，第一句话就是"下棋吗？"这是完全脱离环境的一句话，也让《棋王》从之前的伤痕文学中飞升出来。

王一生是个棋呆子，棋就是他的生命，他的精神寄托，他的一切。中国自古以来就有棋与人生乃至宇宙相通的说法，比如元代著名诗人虞集认为棋"有天地方圆之象，有阴阳动静之理，有星辰分布之序"。棋是一种游戏，但又不是单纯的游戏，棋如人生，棋又超越人生，这是王一生这个人物的"一生"的凝缩，是这个人物的生命和力量所在，也是我们理解《棋王》这篇作品的关键所在。

我们再看看作品开头第一句话,"车站是乱得不能再乱,成千上万的人都在说话",这个"乱"是那个时代的象征。在那样一个乱世,一个极端的年代,一个人该如何生存,如何自处,如何寻找一种秩序,如何安放自己的精神,这是里面的人物需要解决的问题。

其实,在很多经典作品中,主人公都被置于一个纷乱的世界,面对内心的迷惘,比如莎士比亚的《哈姆雷特》里,主人公哈姆雷特说:"这个时代脱了节了,哎,可真糟啊,而偏偏我有责任来把它整好。"我们都需要秩序,内在的或外在的。这种秩序,对于王一生而言,就是棋道。对棋道的痴迷追求让王一生显得与环境和他人格格不入,也让他从尘世的纷乱中超脱出来,获得了一种沉静的力量。

二

棋所代表的这种秩序、精神、力量是从何而来的呢?

《棋王》对此有许多精彩的阐发。王一生并非象棋世家,他出身贫寒,家庭不幸,母亲解放前是窑子里的,后来靠打零工维持家庭生计。有一次,王一生和他母亲给印刷厂叠书页子,是一本讲象棋的书,他看得入了迷,从此开始沉溺于象棋。母亲一开始坚决反对,生怕他耽误了学业，但是怜悯王一生因为家里穷得没有别的东西玩，就慢慢随他了。

母亲其实一直都不理解棋的价值，也不理解棋对王一生的意义，但在去世的时候，给儿子留下一副棋，这是她用捡来的牙刷把磨成的棋子，都是一小点儿大的子儿，磨得像象牙那样光滑，可上头没字，因为母亲不识字，要等儿子自己刻上去。

在小说最后王一生与众高手决战的时候，又从"我"的眼里写到了母亲留给儿子的这些棋子的模样：

> 我不由伸手到王一生书包里去掏摸，捏到一个小布包儿，拽出来一看，是个旧蓝斜纹布的小口袋，上面绣了一只蝙蝠，布的四边儿都用线做了圈口，针脚很是细密。取出一个棋子，确实很小，在太阳底下竟是半透明的，像是一只眼睛，正柔和地瞧着。我把它攥在手里。

这是整个作品最感人的一段。在这里，我们知道了，这些棋子不仅仅是棋子，它们是生命，是传承，是爱。

这个世界可以是混乱的，也可以夺去我们很多东西，但是终究有一些东西是永恒的，是毁不掉的，是无法剥夺的，就如同棋，更进一步说，如同心中的棋。

我们知道，象棋的高手，可以不用棋子，不看棋盘，光靠记忆和默想来下无形的棋。《棋王》里王一生就经常下这种盲棋，"我"问王一生："假如有一天不让你下棋，也不许你想走棋的事儿，你觉得怎么样？"他挺奇怪地看着"我"说："不可能，那怎么可能？我能在心里下呀！还能把我脑子挖了？你净说些不可能的事儿。"

在文学史上，阿城的《棋王》被视为寻根文学的代表作。20世纪80年代中期，中国文学中出现了一股"文化寻根"的潮流，这其实是同整个改革开放同步并且有一种深刻的内在关联。当我们开始走向世界的时候，也是面对各种纷乱的风景的时候，那么就会思考我们的主体性在哪里，我们的中心在哪里，或者说我们的根在哪里。寻根派就是想从自己的民族文化历史当中寻找能让我们立身安命的东西，我们精神的立足点，我们灵魂寄托的地方。

在《棋王》里，这个根就体现为象棋，或者说象棋背后的文化精神。

三

整个小说的高潮，是王一生一人与九位高手车轮大战，上千人一片寂静，这时候，从叙事者"我"的角度有这样一段描写：

> 我心里忽然有一种很古的东西涌上来，喉咙紧紧地往上走。读过的书，有的近了，有的远了，模糊了。平时十分佩服的项羽、刘邦都目瞪口呆，倒是尸横遍野的那些黑脸士兵，从地下爬起来，哑了喉咙，慢慢移动。一个樵夫，提了斧在野唱。忽然又仿佛见了呆子的母亲，用一双弱手一张一张地折书页。

这一段犹如电影中的蒙太奇镜头，历史与现实彼此映照，相互叠加，草根生命不绝如缕，民间意志默然现身。

至此，我们对这个作品的文化意义可以有更深入的理解。

从叙事者"我"的角度，这其实也是一部成长小说，他及其同伴经历了困顿、疗伤、发现、回归、成长等阶段。这些知青从中心被贬谪到边缘，迷惘困苦，不知所措。是王一生和他的棋给他们单调沉闷的生活带来了生命的波澜。为了招待王一生，他们举办了一场蛇宴。这些知青物质极度匮乏，连基本的烹饪调料都没有，但是他们齐心协力，穷尽所能，一丝不苟地把一顿简陋的饭变成了一场盛宴。

这一段关于吃的描写堪称经典：

> 不一刻，蛇肉吃完，只剩两副蛇骨在碗里。我又把蒸熟的茄块儿端上来，放少许蒜和盐拌了。再将锅里热水倒掉，续上新水，把蛇骨放进去熬汤。大家喘一口气，接着伸筷，不一刻，茄子也吃净。我便把汤端上来，蛇骨已经煮散，在锅底刷拉刷拉地响。这里屋外常有一二处小丛的野茴香，我就拔来几棵，揪在汤里，立刻屋里异香扑鼻。大家这时饭已吃净，纷纷舀了汤在碗里，热热的小口呷，不似刚才紧张，话也多起来了。

表面上看，吃代表了身体性的需求，与象征着精神的棋构成了对立的两极，但是在《棋王》中，这两者的关系其实更为复杂。一方面，人在那样食物短缺的环境中，真正认识自己最基本的生存本能。另一方面，他们并没有随意苟且，没有放弃对精致生活的追求，这当中其实体现了超越困顿现实的努力，与王一生对棋道的追求可以视为一体的两面。

在小说开始的时候，下棋是对生活的逃避。随着故事的发展，我们又在棋中重新发现了生活，棋被赋予了更加丰富的生命意义，我们也随着作品中的人物一起达到了一种复归。这是一种新的层次的复归。我们知道：世事如烟，风云变幻，每个人在生活中都可能遇到各种问题，遭遇生命的低谷，但是我们需要寻找一些更为恒久，更为根本，也更加精神化的东西，比如棋，比如文学，比如思想。

"一地鸡毛"还是"一地阳光"
文贵良讲刘震云《一地鸡毛》

一

刘震云的中篇小说《一地鸡毛》创作并发表于20世纪90年代初期,是新写实主义小说的代表作之一。

新写实主义小说指的是20世纪80年代中后期至90年代初期的一股小说思潮,不太描写重大题材,不讲究描写剧烈的矛盾冲突,而是注重描写日常生活。

那么,《一地鸡毛》为什么成为新写实主义小说的代表作之一呢?

《一地鸡毛》讲述了小林和小李这对年轻夫妻的日常生活故事。他们都是大学毕业生,在不同的单位工作。故事发生的时候,他们的女儿两三岁了。

这篇小说共七节。第一节写小林和小李为一斤变馊的豆腐争吵不已,显示了城市里小家庭生活的艰难,同时也显示了年轻夫妇已经陷入日常生活琐事。第二节写小林和小李为了调动小李的单位找人、送礼,结果事情没有办成。第三节，写小林的小学老师杜老师到北京来看病，顺便看看小林。小李与小林为招待小林老家的人闹矛盾。第四节，送小孩上医院看病。因为觉得四十五块五毛八的药费很贵，小李一怒之下不买药了，决定给小孩吃大人的药。第五节，他们想让小孩进入好一点的幼儿园，但又找不到门路，幸亏邻居家帮忙，才进入了理想的幼儿园，后来得知是要陪邻居家小孩上学又心里不爽快。第六节，小林下班后代替大学同学"小李白"收账，每天可得二十元。做了九天，获得一百八十元。给老婆小李买了一件风衣，给女儿买了一个大哈密瓜，一家喜笑颜开。第七节，小林帮查水表的老人家的家乡办了一个批文，收下了一个价值七八百元的微波炉，一家人用微波炉烤红薯吃，其乐融融。

这就是小说《一地鸡毛》的主要内容。小林和小李对各自单位的事情漠不关心，但对自己小家庭的日子却十分热心。两人整天考虑的都是家庭琐事。刘震云曾在一个访谈中，面对有人猛烈批评这种沉溺于日常琐事中时，他说，不一定是一地鸡毛，说不定是一地阳光。

那么，我们如何看待这个故事呢？

表面上看，小林和小李一家诸事遂意，小李的单位很远，调动虽然没有成功，但单位通了班车，不需要上下班挤公共汽车了；女儿要上理想的幼儿园，他们无法做到，幸好邻居家有能力，帮忙解决了；还能运用手中的权力，收下一个微波炉的礼物。一切都在朝着顺利的方向发展。

小林和小李两人虽然经常为一斤变馊的豆腐这样的鸡毛蒜皮的小事争论不休，但是在大事上两人基本一致，生活态度也一致。他们打理小家庭的日常生活确实有一股子热情，并且稍有好事，就觉得十分满足。

那么，能不能说这种生活就"一地阳光"呢？

显然不能这么说。虽然小家庭的日常生活确实也非常重要，也需要精心打理，但是如果一对年轻的大学生毕业后，他们的目光就只是盯在这些琐事上，那我们认为不是年轻人出了问题，就是他们生活的环境出了问题。

二

接下来，让我们进入具体的分析。

首先，《一地鸡毛》讲述故事有个明显的特色。小林和小李两人分别所在的单位是什么，并没有交代；人物也只有姓，没有名，包括小林、小李、老张、老关、女小彭、杜老师等。这种叙事方法让人想起鲁迅的《阿Q正传》。阿Q姓什么，不确定；名字是什么，不知道；

籍贯在哪儿,很模糊。最后剩下的就只有这么一个读音"阿Q"是确定的。鲁迅的目的是要写出中国普遍的国民性,不要让读者去断定,这里写的只是某个地方的人、某个阶层的人、某个群体的人。《一地鸡毛》的叙事方法也让人感觉到这不是某个单位的情况,而是当时单位的一种普遍状况;让读者感觉到小林和小李不是某个具体阶层的人,而是当时单位上年轻人的代表。

其次,小林和小李是怎样的人呢?小林和小李,没有了诗意想象,丧失了对事业、对社会的理想与关怀。小李大学刚刚毕业的时候,在小林的眼里,是一个爱干净、沉静的姑娘,还有些淡淡的诗意。几年下来,就变得爱唠叨、很俗气。"小李白"在读大学的时候,喜欢写诗;毕业后,成了卖板鸭的个体户,忙着挣钱养老婆小孩。小林整天忙着日常琐事:排队买豆腐,买大白菜,为家乡来人而心里忐忑不安。当然,忙于琐事也是城市知识分子的一种常态,但小林是沉溺于琐事,或者是被琐事淹没,除了琐事,他似乎不关心别的。我们看不到小林和小李对自己事业的规划与设想,看不到他们对单位的建设与不满。

尤其可怕的是,小林和小李对他人的温情在一点点丧失。年轻人在大城市生存,确实有艰难之处,自身的能力也有限,比如经济上紧巴巴的,社会关系也很有限，不能帮助他人，但是，如果对他人的温情也一起丧失了，这个人就会变得非常冷漠。

小林的小学老师杜老师来北京看病，顺便看看小林。小林先是非常激动，十几年不见杜老师，这位杜老师对小林当年玩冰掉到冰窟窿里，不但没有责备，还把自己的棉袄给小林穿上。小林接着是尴尬，一是老婆小李不高兴做饭；一是自己没有能力帮老师找到好的医院看病。最后，看到杜老师在公共汽车上摇摇晃晃，还向他挥手，伤感与愧疚交织，眼泪一下子流了下来。这样的小林还是很有人情味的。

不过，三四个月后，小林接到了杜老师儿子的信，杜老师从北京回去后三个月就去世了。杜老师去世前叮嘱儿子一定要写信告诉小林，感谢小林的招待。小说这样描写小林读了信的感受：

> 小林读了这封信，难受一天。现在老师已埋入黄土，上次老师来看病，也没能给他找个医院。到家里也没让他洗个脸。小时候自己掉到冰窟窿里，老师把棉袄都给他穿。但伤心一天，等一坐上班车，想着家里的大白菜堆到一起有些发热，等他回去拆堆散热，就把老师的事给放到一边了。死的已经死了，再想也没有用，活着的还是先考虑大白菜为

好。小林又想，如果收拾完大白菜，老婆能用微波炉再给他烤点鸡，让他喝瓶啤酒，他就没有什么不满足的了。

这就是《一地鸡毛》的结尾。"难受一天""伤心一天"表示小林确实有难受、伤心的一面，但两个"一天"，也许暗示了时间的短暂。诚如他所想的，死者已经安息，生者还要活下去。但整个叙事透出的一股冷气，还是让读者有些不寒而栗。老师去世的悲伤，小林没能热情招待的愧疚，很快就被那么些鸡毛蒜皮的小事以及满足取代了，这不能不说是一种悲剧。

三

最后，我们要问一问：像小林与小李这样的年轻人，是不是甘于平庸呢？这里不能不提到他们所生活的小环境，这个小环境就是我们常说的"单位"。

"单位"，至今仍然非常重要。《一地鸡毛》这篇小说写于1990年。那个时候，全国的下海潮还没有到来。有单位的人，一般就是国家的工作人员。《一地鸡毛》中小林、女小彭、女老乔、老张等人物在刘震云的另一篇小说《单位》中曾经出现过。

《单位》的写作比《一地鸡毛》早，两篇可算是姊妹篇。《单位》这篇小说写的也是单位的日常事情：单位分梨，梨子有好有坏，大家议论纷纷；老张升副局长了，谁将坐上处长位置，成为大家关心的焦点；还有老张与女老乔的风流事情；小林的入党问题；等等。联系两篇小说来看，小林的单位非常呆板，体制非常僵硬，没有激励机制，没有挑战机遇，更重要的是没有任何理想一点的发展目标，没有任何高尚一点的工作信念，自然也无法给年轻人更多的关心与鼓励。说实在的，这样的单位很像闻一多所说的，"这是一沟绝望的死水"，很像鲁迅所说的"大染缸"。任何人掉进去，都有立即被淹没的危险。20世纪90年代推行市场经济制度后，一批国家工作人员"下海"，进入私人企业或者合资企业，跟这些人的单位的死板有极其密切的关系。

人生的困顿，在于遭遇实际的坎坷与磨难；人生的平庸，在于享受获得蝇头小利的物质快乐。单位虽然僵硬，但人，尤其是年轻人，如何从僵硬中活出灵活光彩的生活，如何从淤泥中散发莲花般的清香，仍然是需要考虑的。

茶道之"道"
郜元宝讲周氏兄弟同题杂文《喝茶》

一

1924年11月,周作人写了篇文章叫《生活之艺术》,声称中国人的"生活之艺术"已经失传,只有一些碎片还留存于茶酒之间,而即使喝茶吃酒的道理也濒临失传,须赶紧挽救,这样才能建造"中国的新文明"。

既然把吃茶喝酒的意义提得如此重要,周作人就身体力行,紧接着在1924年12月又写了篇散文叫《喝茶》,具体阐发他的思想。周作人很看重这篇《喝茶》,起先收在1925年出版的《雨天的书》里,1933年又收进《知堂文集》。

周作人谈喝酒的文章也不少,这里先只看他怎么谈"喝茶"。

《喝茶》这篇文章,先从徐志摩说起,说徐志摩在一所中学讲过"吃茶",可惜他没去听,也没见徐志摩把讲稿写成文章。但他推想徐志摩肯定是在讲日本

的"茶道",于是就随手写了一段他自己对日本茶道的理解:

> 茶道的意思,用平凡的话来说,可以称作"忙里偷闲,苦中作乐",在不完全的现世享乐一点美与和谐,在刹那间体会永久,是日本之"象征的文化"里的一种代表艺术。

寥寥数语,并不多做发挥,接着笔锋一转,说日本茶道并非他关心的问题,"我现在所想说的,只是我个人很平常的喝茶罢了"。

但周作人也并不立刻就介绍他的喝茶究竟怎样"平常",而是转过头去,说英国作家乔治·吉辛认为,英国家庭用红茶就黄油面包喝下午茶,是一天中最大的乐事,有着一千多年喝茶历史的中国人未必能体会。周作人反对吉辛的说法,他认为英式下午茶简直就是吃饭,哪有中国人喝茶正宗。

说到这里,周作人才终于亮出他本人的茶道:

> 我的所谓喝茶,却是在喝清茶,在赏鉴其色与香与味,意未必在止渴,自然更不在果腹了。

但他又说，近来中国人受西洋影响，丢失了这种茶道，只在乡村还保存一点古风，可惜乡下房屋茶具都太简陋，只有"喝茶之意"而无"喝茶之道"。

可见周作人要探讨的，是有点终极意味的"喝茶之道"，也就是喝茶这件事背后所包含的生活态度与生活方式。

二

那么，何为"喝茶之道"？对此，周作人有一段很有名的解释——

> 喝茶当于瓦屋纸窗之下，清泉绿茶，用素雅的陶瓷茶具，同二三人共饮，得半日之闲，可抵十年的尘梦。喝茶之后，再去继续修个人的胜业，无论为名为利，都无不可，但偶然的片刻优游乃正亦断不可少。

这听起来看似高妙，其实也很平常，无非举了茶道四要素。

第一环境要清幽；第二须"清泉绿茶"，即泡茶的水要好，茶须绿茶；第三茶具要讲究，最好是陶瓷的；第四茶友要对路。所谓"同二三人共饮"，可不是随便拉上什么人！

四要素凑齐，便可以从"为名为利"的世俗繁忙中暂时抽身，"得半日之闲，可抵十年的尘梦"，享受半天清闲，红尘中最高的梦想也就不过如此。

说到茶，附带又说到"茶食"，即喝茶时所吃的东西。

周作人反对中国人喝茶时吃瓜子。他没说为什么，我想大概是嫌吃瓜子时，瓜子壳乱吐，唾沫星乱飞吧。

他推荐的茶食一是日本"羊羹"，据说是唐朝时从中国传过去的；其次是江南茶馆的"干丝"；再就是他小时候在绍兴吃过的一种"茶干"。这些茶食的共同点是"清淡"。他尤其欣赏茶干，认为这是远东各国独有的食物，西洋人领会不到其妙处，正如他们不理解中国人的喝茶。

这样的"喝茶"，不就是文章开头所说的日本茶道吗？周作人说了半天又绕了回去，还是认为日本茶道就是中国人丢失的那"一点古风"，而其精华所在，莫过于《喝茶》的最后一句，"故意往清茶淡饭中寻其固有之味"。

何为"清茶淡饭"？何为"固有之味"？周作人点到为止，要读者自己去体会。这就很含蓄，令人处于似懂非懂之间。所谓"故意往清茶淡饭中寻其固有之味"，所谓"得半日之闲，可抵十年的尘梦"，所谓"在不完全的现世享乐一点美与和谐,在刹那间体会永久",说得多美,又多么难以把捉。

周作人太喜欢谈论喝茶了。古人喜欢取斋名室号,周作人的就叫"苦茶庵"。他经常邀请北京的一帮文人到他的苦茶庵喝茶。他的一组新诗,总题就叫"苦茶庵打油诗",还有一本自选集叫《苦茶随笔》,而1934年那首引起轩然大波、朋友们唱和不断、而敌人们骂声不断的《五十自寿诗》,最后一句也是"请到寒斋吃苦茶"。

所以周作人喜欢喝茶,喜欢谈论喝茶,是出了名的。在20世纪二三十年代,周作人喝茶,几乎赶得上陶渊明饮酒了。但周作人的初衷,只是想借喝茶来探讨"生活之艺术",即一种合宜的生活态度与生活方式,并非鼓吹一天到晚喝茶,或者像《红楼梦》里的妙玉那样,标榜只有她才懂得喝茶。但许多崇拜周作人的人一哄而上,竞相谈论喝茶,客观上就把自以为只是"很平常的喝茶"的周作人,塑造成一位喝茶大师了。

喝茶人人都会,但几人懂得喝茶之道?这就产生了许多神秘的解释。愈解释愈神秘,最终就像妙玉那样,堕入魔道,装腔作势、故弄玄虚地瞎讲究。造成这种风气,周作人尽管不是始作俑者,但多少也脱不了干系。

三

无独有偶,1933年9月,鲁迅也写了篇《喝茶》。时隔九年,鲁迅这篇同题的杂文,既像是为周作人解围,又像是对这位老弟有所提醒,有所讽刺。

文章开始说,某公司打折,他赶紧去买了二两好茶叶。泡了一壶,郑重其事地喝下去,不料味道竟和一向喝的粗茶差不多,颜色也很重浊。略一思索,明白原因在茶具。不该用茶壶,得用盖碗。于是改用盖碗泡了,果然"色清而味甘,微香而小苦,确是好茶叶"。可惜正在写骂人的文章,结果还是跟喝粗茶一样。

根据这种切身经验,鲁迅得出结论:

> 有好茶喝,会喝好茶,是一种"清福"。不过要享这"清福",首先就须有功夫,其次是练习出来的特别的感觉。

原来要懂茶道,除了有钱而又有闲,可以享"清福",另外还需在有钱有闲的前提下不断地"练习",刻意养成一种"特别的感觉"。这两项只有"雅人"才具备,跟"粗人"是无缘的。

鲁迅并非因为"粗人"不懂品茶,就否定"雅人"的茶道,或一般地攻击"有好茶喝,会喝好茶"的"清福"。他只是强调凡事皆有度,不能太过,过犹不及。比如,清泉泡茶固然好,但没清泉,自来水也不是不可以。不一定非要陶瓷的盖碗,但也没见谁有了上等龙井,却偏要泡成大碗茶。总之要有度。

但相比之下,鲁迅更讨厌的还是"雅人"的无度,即"雅人"喝茶时刻意追求的那种"特别的感觉":

> 感觉的细腻和锐敏,较之麻木,那当然算是进步的,然而以有助于生命的进化为限。如果不相干,甚而至于有碍,那就是进化中的病态。

"细腻和锐敏"怎么就"病态"了?鲁迅以"痛觉"为例,说这是必须的,"一方面是使我们受苦的,而一方面也使我们能够自卫",否则被人捅了一刀,不知疼痛,岂不危险!"但这痛觉如果细腻锐敏起来呢,则不但衣服上有一根小刺就觉得,连衣服上的接缝,线结,布毛都要觉得,倘不穿'无缝天衣',他便要终日如芒刺在身,活不下去了。"

喝茶是生活的一部分,有条件的话,不管怎样喝上一杯,都不失为一种"清福"。但如果为喝茶而喝茶,把喝茶弄得神乎其神,甚至闹得乌烟瘴气,以至于妨碍了正常生活,那么鲁迅就说,这还不如"不识好茶",

不管茶道，简简单单地去喝吧！

那么能不能说，鲁迅彻底否定了周作人呢？恐怕也未必。

鲁迅主要是批评一些瞎起哄的人对周作人的误会。如果说鲁迅也有茶道，那他跟周作人其实倒不无相通之处，当然也有微妙的区别。

鲁迅所谓"不识好茶"，简单直接地去喝，跟周作人主张"故意往清茶淡饭中寻其固有之味"，都是强调喝茶的态度，最好是以我为主，顺其自然，不必太在乎茶的好坏，也不必太在乎别人都是怎么喝茶的。

但周作人想通过喝茶追求更高的境界。他所谓"故意往清茶淡饭中寻其固有之味"，就不是针对"粗人"，而是寄希望于少数"雅人"，也就是前文所谓"二三人"。在周作人心目中，只有他们才懂得"喝茶"，才有希望挽救中国的"生活之艺术"，建造中国的新文明。

相比之下，关于喝茶，鲁迅就没有那么郑重其事。他更加随便，也更加包容。鲁迅欣赏"粗人"的爽快，也能理解"雅人"的"清福"。喝茶毕竟是各人自己的事，只要不刻意追求"细腻和锐敏"，爱怎么喝就怎么喝，别人管不着。因此不必立一个标准,说这才是正宗。鲁迅怀疑号称"正宗"的人，很可能根本就不正宗。

看来喝茶不能太讲究，但也不能太不讲究。不必盲目效法别人，但也不能"推己及人"，强求别人效法自己。喝茶事小，却关乎基本的生活态度与生活方式。

　　这大概就是所谓"茶道"或"喝茶之道"吧。周氏兄弟的茶道，既亲身实践，又深思熟虑，隐隐地还有对话关系，值得仔细玩味。

宇宙之大与苍蝇之微
张业松讲周作人《苍蝇》

一

周作人在文章中说,苍蝇不是一件很可爱的东西,却与我们很有关系。

这种关系从个人的角度来说,是在儿童时代它可能成为我们的玩物,我们把它捉了来,以它为活道具,做种种很好玩的游戏。这些游戏有的是在它背上钉一片月季花的叶子,让它背着在桌子上慢慢爬;有的是在它的背上穿一根细竹丝,让它凌空竖起来,四脚拿一段灯芯草颠倒舞弄;有的是把它的肠子拉出来,缠上白纸条,使它在空中飞;还有的是用快剪切了它的头,让它做个无头苍蝇飞一阵。

这些事情,小孩子的时候玩得理所当然、兴致盎然,不会想到有什么不妥;成年以后,也许会觉得有点残酷?但是,现在我们都受了科学的洗礼,知道苍蝇能够传染病菌,不仅不是什么好东西,而且是"美和生命的破坏者",那么,对它残酷一点,"诅咒你的全灭",正是我们该有的立场和态度。

而且,像我们小时候那样地玩弄苍蝇,办法也并不是个别偶然的,不仅在中国的不同地方可以见到,两千年前的希腊典籍中就已经有类似记载了。

以上,是《苍蝇》这篇文章前三段所讲述的内容,也是它的入题。这样的一个入题,要把读者引向哪里呢?

下面的文章,便接着"希腊"的话头往下讲,从神话传说,到荷马史诗,到现代法布尔的《昆虫记》,然后从欧洲转向亚洲,由中国的《诗经》,讲到日本的俳谐,又回到中国典籍、绍兴儿歌,最后仍然收于希腊记载。

作者以其渊博的学识,使我们看到,在希腊神话中,苍蝇的乱爬乱舔如何被附会为恋人的饶舌;在荷马史诗中,苍蝇的固执与大胆怎样被类比于勇士的勇猛与顽强;在法布尔的科学笔记中,苍蝇的繁衍行为如何给作者带来诗意的想象;在中国的经典里,苍蝇乱声乱色的特征,如何被圣人君子用来作为施行诗教的材料;在日本的俳谐中,苍蝇作为日常人生的伙伴,如何在与人的共同生活中体现出温暖热闹的境界;而这种与日常人生共生的境界,在绍兴的小儿谜语歌中、在路吉亚诺思的作品中,本来也是不缺乏的,只是两相对照,"中国人虽然永久与苍蝇同桌吃饭,却没有人(像古希腊人那样)拿苍蝇作为(正式的)名字,以我所知只有一二人被用为诨名而已"。

二

这样的一番神游,展现的是一部微型的"苍蝇文化史"。

它把我们由个人经验中儿童时代对苍蝇的厌嫌和折磨,引向了人类文化记忆中与苍蝇接触和交往的漫长历史。这些接触和交往,不只是好玩有趣而已,还涉及了人类精神和文化生活的一些主要形态,如文艺想象、科学观察、品德教养、生活审美等,并体现出古今中外高度的共通性。

也就是说,在人类精神文化生活的主要形态和载体里,保留了人类将苍蝇涵纳进自己的生活,使之为我所用的诸多痕迹。文章通过这样的展示,告诉读者,即使是在苍蝇这样的事物和主题上,人类的智慧照样可以找到施展余地,使之由一个我们不得不被动接受的不受欢迎的对象,变成丰富和美化我们的生活的媒介之一。

事实上,此文中体现了周作人人生和艺术观念中的核心概念:余裕与爱智。

余裕来自心灵的丰富,否则永远局促于此刻当下;爱智的关键在于破除愚执,追求对人类智慧的运用超越一切困境的束缚。活泼灵动的想象力是余裕的结晶,包容万物优游其中的智慧是人类优越性的体现。

永久与苍蝇同桌吃饭,却没有人拿苍蝇作为名字,说明胸襟、想象力和智慧相对而言还是有点局促,整个心智可能被对象的某一方面的特点局限住了,像我们通常所说的,放不开。歌中唱道,把窗儿打开,让风儿进来,用在这里,此风就是心智自由之风,大可一长。由此,文章最终提供的,是对人类智慧的伟大优裕的见证,也是对一种宽博睿智的胸襟和生活的赞美。文章结尾对于中国人生活的微词,所隐含的也正是对于中国人心灵和精神境界的进一步丰富和扩大的期待。

三

正因为在即小见大方面的突出表现,这篇《苍蝇》曾被文学史家阿英视为现代散文中"正式的作为正统小品文的美文"的发端。20世纪30年代林语堂主编小品文杂志《人间世》时,也曾由此文汲取灵感,在发刊词中以"宇宙之大,苍蝇之微,无所不谈"相号召,把周作人的佳作拿来做了金字招牌。其实整个30年代林语堂派小品文的成就,周作人的这篇《苍蝇》几乎就是最高典范。

多年以后,周作人再次谈到"苍蝇之微"的话题时,还曾议论说:"苍蝇虽微,岂是容易知道之物,我们固然每年看见它,所知道可不是还只它的尊姓大名而已么。"言下对自己过去的成就不无自满之意。

他是对的,完全有理由骄傲。宇宙之大、苍蝇之微并举,不只是一个文章题材的范围而已,而至少还要包括另外两层意思:一是从苍蝇之微见证宇宙之大,这考验的是写作者的修养和本事,有没有那么多的知识上和经验上的积累,可以展现一个很小很小的对象所可能具有的无限丰富性。而更重要的,是苍蝇之微乃是人伦日用之微,生活中的事事物物,说到究竟无不如是,有点讨厌而要永久同桌吃饭,搞不好还要上头上脸,给你存在之烦,考验你如何与之共在;而所谓宇宙之大,其实乃是心智的天地之大。比海更宽的是天空,比天空更大的是人的心灵。这句话我们都会说,它是什么意思呢?就是这个意思,从苍蝇之微中体现出的宇宙之大。

一根烟的哲学与文学
段怀清讲林语堂《我的戒烟》

一

喜欢看电视的观众,知道林语堂的名字,大概是与电视剧《京华烟云》有关;而喜欢看书的读者,则不会没听说过《吾国与吾民》这本小册子。其实,《京华烟云》也罢,《吾国与吾民》也罢,最初都是林语堂写给西方读者看的,不过后来又都出口转内销,成了汉语中文世界里不时被人提起的作品。这种写作现象,在现代中国文学史上虽然说不上是绝无仅有,但亦并不多见。

无论是听过林语堂的名字,还是读过林语堂的书,或许都不会忘记林语堂的照片中经常出现的那柄西式大烟斗——林语堂的形象,也就与烟或吸烟密不可分了。其实,林语堂的照片中还常见他端着一只颇为精致的瓷茶杯的样子,所以在吸烟之外,喝茶的林语堂亦颇为深入人心。而吸烟与喝茶的林语堂,亦就成了作家林语堂在一般人印象中的"定格"。

说到吸烟、喝茶与汉语文学之间的关系，实在是一个大的话题。

不说吸烟，单就喝茶而言，远的不说，只说现代作家，有关喝茶的文章，轻轻松松地就可以选编出厚厚的一部现代"茶经"。当年周氏兄弟还就"喝茶"打过一场笔仗，可见喝茶不仅可以成为一个文学的命题，亦可以成为一个关乎思想、价值、审美的哲学问题。

说到吸烟、喝茶与文人作家的关系，一般读者未必都了然于心，不过说到喝酒与文学，只要曾进过语文课堂，都不会不记得"李白斗酒诗百篇"的典故，大概也都还记得"古来圣贤皆寂寞，惟有饮者留其名"的名言。所以，吸烟、喝茶、饮酒，与中国文学乃至哲学，都有过关系，也都仍有着关系。

二

读过鲁迅作品的人，对于《魏晋风度及文章与药及酒之关系》一文不会太陌生，这是鲁迅的一篇演讲稿，后收入《而已集》中。这也是一篇现代人从"药"与"酒"的角度来看作家、谈文学的好文章。

文中讨论到曹操时代的文章风格，在简约严明之外，特别讲到了"尚通脱"的风气。文章中是这样说的：

此外还有一个特点，就是尚通脱。他为什么要尚通脱呢？自然也与当时的风气有莫大的关系。因为在党锢之祸以前，凡党中人都自命清流，不过讲"清"讲得太过，便成固执，所以在汉末，清流的举动有时便非常可笑了。

比方有一个有名的人，普通的人去拜访他，先要说几句话，倘这几句话说得不对，往往会遭倨傲的待遇，叫他坐到屋外去，甚而至于拒绝不见。

又如有一个人，他和他的姊夫是不对的，有一回他到姊姊那里去吃饭之后，便要将饭钱算回给姊姊。她不肯要，他就于出门之后，把那些钱扔在街上，算是付过了。

个人这样闹闹脾气还不要紧，若治国平天下也这样闹起执拗的脾气来，那还成甚么话？所以深知此弊的曹操要起来反对这种习气，力倡通脱。通脱即随便之意。此种提倡影响到文坛，便产生多量想说甚么便说甚么的文章。

更因思想通脱之后，废除固执，遂能充分容纳异端和外来的思想，故孔教以外的思想源源引入。

这段文字，实在是高明透彻。在鲁迅看来，一两千年前的曹操胆子很大，近乎为汉语文学开辟了一个前所未有之格局，"文章从通脱得力不少，做文章时又没有顾忌，想写的便写出来"。这无论是对于曹操自己思想与情感的表达，还是对于汉语文学的审美风格，都产生了一种久远深刻之影响。

此文对于中国古代作家与文学关系的阐发尚不止于此。文章对于晋之文人风度与文章风格，亦有极敏锐之观察、极深刻之剖析，譬如在议论到嵇康时，有下面一段文字：

> 嵇康的论文，比阮籍更好，思想新颖，往往与古时旧说反对。孔子说："学而时习之，不亦说乎？"嵇康做的《难自然好学论》却道，人是并不好学的，假如一个人可以不做事而又有饭吃，就随便闲游不喜欢读书了，所以现在人之好学，是由于习惯和不得已。

这种发现及议论，亦实在通透得很，无论是就精神思想而言，抑或就文学而言，皆然。

三

不妨从这里再回到林语堂的《我的戒烟》一文。

单就文章而论,《我的戒烟》并没有多少特别之处,亦无非是文人与吸烟一类的常见主题。但是,此文之所以又引人注目或者过目难忘,似乎并不是它揭示了多少人与烟的关系——无论是从医学的角度,还是从历史文化社会的角度——而是它在阐述"我的戒烟"故事中所表明的"我"的立场而不是他的立场或者他们的立场。

文章中作者颇为决绝地提出了这样一个个人观点:"我已十分明白,无端戒烟断绝我们灵魂的清福,这是一件亏负自己而无益于人的不道德行为。"同时亦几乎同样决绝地反省批判了自己接受戒烟之围劝之时的自我处境:"因为一人到此时候,总是神经薄弱,身不由主,难代负责。"而这种自我处境,时过境迁,似乎又会为作者所不齿。

今人看戒烟,多是从医学以及公共道德等角度来起论,并就"戒烟"而形成了一个"科学+道德伦理"的理论模式,理直气壮且声势浩大,所以戒烟的局面似乎已势不可挡。在此情势之下,重读林语堂的《我的戒烟》一文,并没有多少反对戒烟的意思,更不是意图对当前"戒烟"的大好局面妄议攻击,而是注意到林语堂戒烟的个人经验中所呈现出来的一种个人话语。这种个人话语，不仅表现出一种带有自然个性的一根烟的哲学，而且也表现出一种带有自然个性的一根烟的文学。

需要特别说明的是，林语堂的《我的戒烟》一文，作于法律明文规定在公众场合严禁吸烟之前，故此文所涉及的，主要还是他人对于吸烟者"群起而攻之"的阵势，以及吸烟者因为"势"而屈就的自我压抑。对于这两者，作者都是旗帜鲜明地反对的，认为这些都是不近人情的，也妨碍了自然人性对于悠闲的生活以及为人的快乐的哲学的向往与追求，遂用一种幽默的笔调行文记之。

如果一定要将这篇文章的中心思想归结为一句话，不妨用林语堂自己的一句话来作结：

> 不近人情者总是不好的。……不近人情的艺术是恶劣的艺术；而不近人情的生活也就是畜类式的生活。

无论我们是否认同接受上述观点，至少有一点是可以确定的，那就是人情在我们的日常生活中是既不能少更不能缺失的。

猫儿相伴看流年
王小平讲丰子恺《阿咪》

一

丰子恺很喜欢猫,养过许多,阿咪是其中一只。我们先来看看,这是一只什么样的猫。

在丰子恺笔下,阿咪活泼、好动,几乎没有片刻安静的时候,任何东西都可以成为它的玩具。它也很喜欢跟人玩,只要有人理睬它,就会马上亲近起来。阿咪快乐的天性很能够感染人,文中这样写道:

> 此时你即使有要事在身,也只得暂时撇开,与它应酬一下;即使有懊恼在心,也自会忘怀一切,笑逐颜开。哭的孩子看见了阿咪,会破涕为笑呢。

多么可爱的一只小猫!

而且,阿咪还有别的作用。除了陪伴主人,给主人带来快乐之外，它还能够沟通人与人之间的感情。比如说，以前来家里送完信就走的邮递员，现在就会说笑几句，对阿咪问长问短，舍不得离开。有访客来的时候，阿咪还能化解主人与客人之间的尴尬，比如，谈话出现冷场的时候，阿咪的出现就为主客提供了话题；当谈话比较枯燥、严肃的时候，阿咪就成了润滑剂，调节气氛；当客人情绪激动的时候，阿咪还能转移客人的注意力，让客人放松下来。

在散文中，作者写的，不仅仅是阿咪这一只猫。由眼前阿咪的种种功绩，他又联想起以前养过的另一只猫，是一只被叫作"猫伯伯"的黄猫，它同样深受主人宠爱，有一次，它竟然跳到了一位贵客的脖子上，而那位贵客也竟然并不讨厌，甚至还弯下身子，让猫伯伯坐得更舒服一点。

凡此种种，让丰子恺生出感慨，他写道：

> 猫是男女老幼一切人民大家喜欢的动物。猫的可爱，可说是群众意见。而实际上，如上所述，猫的确能化岑寂为热闹，变枯燥为生趣，转懊恼为欢笑；能助人亲善，教人团结。即使不捕老鼠，也有功于人生。

在这里，我们看到，猫和人的世界，本来是不同的。但是却因为猫的可爱,而使人的世界也充满了欢乐,充满了人情味,打破彼此之间的隔阂,而变得亲密起来。人与猫之间和谐共处,猫也使人与人之间和谐共处。这是作者特别喜爱猫的一个重要原因。在丰子恺看来,人的世界,特别是成年人的世界,是有点沉闷无趣的,还充满了机心,而纯真可爱的小动物的存在,则能够使人暂时从严肃的世界中脱离出来,心灵得到片刻的休憩。

二

养过猫的人都知道,猫跟人一样,不是你想碰就可以碰的。猫咪不仅对陌生人的爱抚很警惕,即便是主人,"吸猫"不得法,也是要遭到嫌弃的。这里要解释一下,"吸猫"是一个网络词,指的是对猫的亲密动作。

我看到过这样一张照片,丰子恺正襟危坐,在读书,头上却盘踞着一只白猫,威风凛凛,一人一猫,相映成趣。虽然丰子恺并没有直接去触摸猫的敏感部位,比如柔软的肚皮,或者是尾巴,但从那种和谐的状态来看,丰子恺应该是已经到了"吸猫"的高级境界。

事实上,在散文中,我们可以看到,丰子恺是那么喜欢阿咪,几乎把阿咪当作一个家庭成员了,猫和人之间已经产生了亲情。对于成为家庭成员的猫,主人就不仅仅只是从它的身上找乐趣了,而且也会反过来心甘情愿地服侍猫,让猫过得愉快。即便在它们犯错的时候,也是以关爱为主,惩戒为辅。阿咪就不必说了,它要与主人嬉戏玩耍的时候,主人就算有要事在身,也会停下来应酬它。本来白天是主人静心写作的时间,但自从有了阿咪后,就变得热闹起来,忙于写作的主人也是毫无怨言。

除了阿咪以外,丰子恺对待其他猫也是如此。

比如,他有一篇散文,标题是《贪污的猫》,控诉猫的种种"恶形恶状",贪吃啊、偷盗啊之类的。但有趣的是,在控诉之后,最后的解决办法是什么呢?竟然是提高猫的待遇。

因为他觉得猫贪吃、偷盗是因为吃不饱,既然物价飞涨,那么猫食费自然也应该水涨船高,于是把本来的每天一千元提高到三千元。当然,这指的是当时的法币,不是我们今天的三千元。这个时候,我们就知道,在主人前面的长篇控诉背后,隐藏着的,其实是对猫满满的爱。

做一只丰子恺家的猫,真的应该是一件很快乐的事。

丰子恺的另一篇散文《白象》,写的是一只叫"白象"的猫,这只猫后来失踪了,为了寻找它,丰子恺写寻猫海报,以法币十万元做酬劳。虽然不是现在的十万元，但在当时也是一笔不小的数目了。

这种人与猫之间的亲情，其实也折射出家庭成员之间的浓厚感情。在《阿咪》这篇散文的末尾，作者说，希望阿咪健康长寿，像老家的老猫一样。紧接着他又写道：

> 这老猫是我的父亲的爱物。父亲晚酌时，它总是端坐在酒壶边。父亲常常摘些豆腐干喂它。六十年前之事，今犹历历在目呢。

猫成了父子两代人之间的情感联系纽带。表面上是写猫，实际上却是借着写猫，写出了对父亲的怀念。

又比如之前提到的另一只猫——白象，本来是由一个老太太寄养在丰子恺的女儿那里，后来女儿又交托给了丰子恺。白象生下五只小猫（其中一只不幸夭折），家里七个孩子，当时三个在外，四个在杭州，于是各领一只。于是，猫的家族延续，便与人的家族延续形成了一种对应。所以，丰子恺曾经写过这样一句话："小时候，老时候，乱世或升平，猫儿相伴看流年。"猫像家庭成员一样，相伴看流年，见证着一家人的聚散离合。

丰子恺养猫、写猫，除了猫本身的可爱，以及作为家庭情感纽带之外，还有另一层寓意。

丰子恺很喜欢小动物，除了猫，还写过鸭、鹅，甚至蝌蚪、蜜蜂、蚂蚁、蜘蛛，各种各样的小动物，有家养的，也有路上偶遇的，都写得情趣盎然。他也喜欢写小孩子，赞赏并且爱惜那一份童真、童趣。小动物、儿童，都是这世上最弱小的事物，但是丰子恺并不因此而漠视他们，相反，对他们无比关爱。

这种想法，一方面和丰子恺的生命观有关，他是佛教居士，讲究众生平等，所以要护生、惜生；另一方面，他也认为小动物和儿童的世界里，有成年人所不具备的东西，甚至是值得成年人学习的。这里面其实包含着一种人生观念，那就是丰子恺所推崇的自然、和谐、充满童真的生活状态。

他曾经说过："近来我的心为四事所占据了：天上的神明与星辰，人间的艺术与儿童。"你看，他把儿童的地位提得多么高，和神明、星辰、艺术并列。为什么会这样？就是因为孩子的世界是真挚的，不虚伪的，不扭曲的，所以他说，要向儿童学习。理解了这一点，我们就可以理解，为什么丰子恺能够把猫写得那样可爱，画得那样可爱。因为在丰子恺看来，小动物和小孩子一样，也是纯真、自然的，是同类。

比如，在《阿咪》中，他就写，客人带着小孩子来的时候，主人应付客人，很无聊，小孩子本来是枯坐在一边，但阿咪出来"招待"小客人后，他们很快就玩成一片。丰子恺这样写道：

> 小朋友最爱猫，和它厮伴半天，也不厌倦；甚至被它抓出了血也情愿。因为他们有一共通性:活泼好动。女孩子更喜欢猫，逗它玩它，抱它喂它，劳而不怨。因为她们也有个共通性，娇痴亲昵。

丰子恺就是这样把小动物和小孩子放在一起，在他看来，那是一个相通的世界，都纯真可爱，充满乐趣。他喜欢这样一个世界。这里包含着对个体生命和外部世界之间关系的思考，是一种生活态度、生活方式的体现，也是一种人生境界的体现。

三

在丰子恺的许多散文里，我们看不到太多的时代喧嚣。

以写猫的几篇散文为例，《白象》《贪污的猫》写于1947年，那是战争期间，正是丰子恺携全家辗转各地、颠沛流离之际。《阿咪》则写于1962年，也是暗流涌动的年代。但这些时代背景、现实的烦难在文中连一丝气息都找不到，就好像是一个心情非常放松、很有童心的人，什么烦恼都没有，在开开心心地跟你聊他怎么养猫，他的阿咪有多么可爱。其实，丰子恺是把外部世界的很多东西过滤掉了，在散文中只留下了令人心情愉悦的生活乐趣。

自然，对于这种似乎与时代脱节的写作方式，作者不免也要解释一下。《阿咪》这篇文章的开头就说，之前家里养着另外一只黄猫时，就想替它写文章，"但念此种文章，无益于世道人心，不写也罢"。但紧接着又说，现在实在是非常想写阿咪，"率尔命笔，也顾不得世道人心了"。这句话很有意思，就是说自己知道这些文章跟所谓的文以载道不搭界，但是不管那么多了，想写就写吧。这里隐含着的，其实是丰子恺独特的文学观、艺术观。

丰子恺有一部散文集《缘缘堂续笔》，写于"十年动乱"时期，其中有一篇散文，标题是《暂时脱离尘世》。文章引用了夏目漱石的小说《旅宿》中的一段话：

  苦痛、愤怒、叫嚣、哭泣是附着在人世间的。我也在三十年间经历过来，此中况味尝得够腻了。腻了还要在戏剧、小说中反复体验同样的刺激，真吃不消。我所喜爱的诗，不是鼓吹世俗人情的东西，是放弃俗念，使心地暂时脱离尘世的诗。

我们可以从这段话中看出作者的性情、处世态度。

丰子恺出生于1898年，经历了各种大大小小的历史事件、社会动荡，苦痛、愤怒、叫嚣、哭泣实在是经历得太多了，他不想在文学中再体验同样的刺激，自然也不愿意别人在自己的文章中体验这种刺激。

他充满爱心、童心的文字，体现的是一种精神上的自由，以他自己的方式，建构起一个自己的心灵世界，去抵抗外界的喧嚣。这些看起来没有什么实用价值、很琐屑、很微小的事物，却从另一个方面体现了人性的光辉。

不仅散文如此，绘画也是这样。他以猫为题材的画作，许多是在抗战中完成的，有的是茶余饭后闲话，有的是孩子们放气球，都是日常生活的图景，每一幅中都有猫，自自然然的，就那么陪着。里面没有重大的战争题材，但我们能够感觉到，作者对生活的热爱，对和平岁月的盼望。这种苦难中的自持、平静是一种很动人的力量。

丰子恺用艺术家的眼光去看待生活，说：

> 艺术家看见花笑，听见鸟语，举杯邀明月，开门迎白云，能把自然当作人看，能化无情为有情。

让生活艺术化和让艺术生活化,在丰子恺那里是统一的。他把生活过成了一种艺术,而他的艺术则充满了浓郁的人间情味和生活气息,能够超越时代,依然为今天的人们所喜爱、欣赏,比如这篇散文《阿咪》。

作家怎样给人物穿衣
郜元宝讲张爱玲《更衣记》、鲁迅《洋服的没落》及其他

一

这个话题有点特别：文学作品中的人物都是怎么穿衣服的？作家为什么让他们这么穿，而不是那么穿？

小说故事性强，描写细腻，涉及衣物服饰更多。小说之外，作家们还会通过散文、杂文等文学形式探讨衣着打扮这一常见的生活现象。

比如张爱玲的散文《更衣记》。这篇文章标题很别致。它当然不是写某人某次更换衣服的行为，更不是取"更衣"的委婉义之一即"如厕"，而是概括地记录了作者所了解的一部分中国人从清末到20世纪三四十年代服饰变迁的历史，即什么时候流行什么衣服，为何今天流行这个，明天流行那个。

张爱玲提到许多服饰，今天若非专门研究，都会觉得隔膜。我们可以借她这个题目，梳理一下现当代中国文学中的服饰描写。

《更衣记》告诉我们,张爱玲对衣着打扮很有研究。她十八岁时的散文《天才梦》结尾那句名言就和衣服有关:"生命是一袭华美的袍,爬满了虱子。"张爱玲跟她的闺蜜炎樱合资办过时装店,自任设计师和广告文案的作者。日常生活中她的许多衣服都自己设计。她喜欢奇装异服,不怕惊世骇俗。她也喜欢借服装设计来探讨文学理论问题。比如她认为写小说要有"参差对照",最好是"葱绿配桃红"。

张爱玲的传记出了好多种,有兴趣的读者不妨去看看她如何设计服装,如何像同时代女作家苏青所说,喜欢"衣着出位"。但我们主要想说的还是张爱玲小说对人物衣着的描写。

张爱玲笔下的人物,女性居多。女性通常比男性更注重衣着打扮,所以张爱玲的小说也频频写到女性人物的服装。

《鸿鸾禧》写邱玉清马上要嫁给娄大陆,一上来就写大陆的两个妹妹陪着玉清在时装公司试衣服。这两个刻薄的小姑子偷偷取笑未来的嫂子是"白骨精",又白又瘦。但作者不这么看,她说邱玉清"至少,穿着长裙长袖的银白的嫁衣,这样严装起来,是很看得过去的,报纸上广告里的所谓'高尚仕女'"。这一笔并非无的放矢,因为接下来又写到,新郎官也认为"玉清的长处在给人一种高贵的感觉"。服装关乎人物的格调，也关乎人物的相互评价。玉清是破落户女子，娄大陆是暴发户男子。娄大陆就爱邱玉清那种格调，包括她的着装风格。

再看《红玫瑰与白玫瑰》，写男主人公佟振保与"红玫瑰"娇蕊、"白玫瑰"孟烟鹂初次相见，就特别强调这两位女主人公衣着上的差异。娇蕊那天碰巧一身浴袍，让佟振保隔着衣服也能看出身体轮廓，"一寸一寸都是活的"，就是今天所谓"性感""肉感"。孟烟鹂初见佟振保，则"穿着灰地橙红条子的绸衫，可是给人的第一个印象是笼统的白"。烟鹂很像《鸿鸾禧》中的玉清，都是"骨感美人"。佟振保一见烟鹂，当场决定娶她为妻。正如他一见裹着浴袍的娇蕊就疯狂地爱上了。娇蕊和烟鹂的衣着打扮，符合佟振保心目中"热烈的情妇"与"圣洁的妻子"的标准。这当然也是张爱玲对暴发户男性的一种典型的讽刺。

有人说张爱玲在服饰上也有恋物癖，这恐怕不妥。《鸿鸾禧》写那两个小姑娘逮着做女傧相的机会，大肆买衣服，恰恰说明张爱玲很警惕女性在服装上的贪婪的占有欲。

不仅如此，她的小说写女性，也并非时时处处都提到衣装服饰。比如，《倾城之恋》自始至终就没有正儿八经写过白流苏、范柳原如何穿衣。白流苏也是破落户女子，离婚多年，住在哥嫂家受气。范柳原是父母非正式结婚生下来的。父亲死后,他好不容易争到继承权,一夜暴富。但因为长期生活在英国,回国后处处不适应,尤其难以克服身份上的尴尬。这就和白流苏同病相怜,但也同病相克,都一样的不信任别人。他们俩的"精神恋"包含太多猜疑和不放心。他们的对话就像林黛玉、贾宝玉的猜哑谜,或沈从文批评汪曾祺青年时代写人物对话,总是"两个聪明脑袋在打架"。白流苏、范柳原彼此试探,机关算尽,哪会关心对方的衣着?人物不关心,作家当然也就没有必要浪费笔墨了。

二

再看鲁迅。

《故乡》写豆腐西施出场:"一个凸颧骨,薄嘴唇,五十岁上下的女人站在我面前,两手搭在髀间,没有系裙,张着两脚,正像一个画图仪器里细脚伶仃的圆规。"

除了"没有系裙"四个字,豆腐西施穿了什么,全无交代。有读者就纳闷:那可是严冬啊,豆腐西施"没有系裙",却可能穿着厚厚的棉袄棉裤,你能看出"圆规"来吗?这或许就是鲁迅描写女性的衣着过于简单而惹出的麻烦。

再比如《祝福》写祥林嫂:"五年前的花白的头发,即今已经全白,全不像四十上下的人;脸上瘦削不堪,黄中带黑,而且消尽了先前悲哀的神色,仿佛是木刻似的;只有那眼珠间或一轮,还可以表示她是一个活物。"完全是神态描写,不涉及衣着。

鲁迅说过:"要极省俭的画出一个人的特点,最好是画他的眼睛。我以为这话是极对的,倘若画了全副的头发,即使细得逼真,也毫无意思。"这里说的是东晋大画家顾恺之所谓"传神写照,正在阿堵之中"。鲁迅不写祥林嫂衣着,只注重其神情,尤其是"那眼珠间或一轮",就是这个道理。

祥林嫂如此,"狂人"、单四嫂子、九斤老太、七斤夫妇、赵太爷、吴妈、小尼姑、吕纬甫、四婶、四叔、四铭、高老夫子、涓生、子君,莫不如此。鲁迅写人物,往往不太关心他们的高矮胖瘦黑白美丑。至于穿着打扮,更是不着一字,尽得风流。

但也不尽然。

《祝福》写祥林嫂第一次来鲁四老爷家做用人,"头上扎着白头绳,乌裙,蓝夹袄,月白背心,年纪大约二十六七,脸色青黄,但两颊却还是红的"。这里就是凸显衣着与身体两方面的特征,强调祥林嫂是干干净净守寡的女人。她营养不良,但大体健康,甚至还有某种容易被忽略的青春朝气,而她的衣着也与这种身心状态基本保持一致。

但隔了两年，祥林嫂第二个丈夫去世，孩子被狼叼走，不得已再次上鲁四老爷家帮佣，作者写她"仍然头上扎着白头绳，乌裙，蓝夹袄，月白背心，脸色青黄，只是两颊上已经消失了血色"。强调服饰依旧，除了暗示祥林嫂的贫寒，几年没添新衣，更要暗示她虽然服饰依旧，身心两面都已判若两人。

这就像《故乡》写少年闰土头戴"一顶小毡帽"，中年闰土也是头上"一顶破毡帽"。毡帽相同，闰土却不再是原来的闰土了。

毡帽也是阿Q的"标配"。鲁迅对阿Q的破毡帽念念不忘。十几年之后，有人要把阿Q搬上舞台，他还提醒改编者"只要在头上戴上一顶瓜皮小帽，就失去了阿Q"。他生怕改编者不知毡帽是什么，特地寄去一个画家朋友所画的头戴破毡帽的几张阿Q的画像。

因此，如果说鲁迅只对眼睛感兴趣，完全不写人物的服饰，那也不对。"站着喝酒而穿长衫"，寥寥数字，不就写活了孔乙己吗？

再比如《孤独者》写魏连殳登场，"是一个短小瘦削的人，长方脸，蓬松的头发和浓黑的须眉占了一脸的小半，只见两眼在黑气里发光"，只写神态，不写衣装。但小说又写魏连殳死后，只穿"一套皱的短衫裤"，这就暗示他做了官，花钱如流水，却依旧颓废，依旧不修边幅，依旧不为自己打算。

小说最后写人们给魏连殳穿的"寿衣"更有趣："一条土黄的军裤穿上了，嵌着很宽的红条，其次穿上去的是军衣，金闪闪的肩章。"魏连殳就"在不妥帖的衣冠中，安静地躺着，合了眼，闭着嘴，口角间仿佛含着冰冷的微笑，冷笑着这可笑的死尸"。通过观察"寿衣"来刻画魏连殳一生的颓废，以及人情冷暖，世态炎凉，真是入木三分。

说起鲁迅对服装的研究，不能不提到他的两篇杂文。一篇叫《上海的少女》，说"有些人宁可居斗室，喂臭虫，一条洋服裤子却每晚必须压在枕头下，使两面裤腿上的折痕天天有棱角"。在以貌取人的上海，别的可以马虎，就是衣服马虎不得。

鲁迅还发现，女性的时髦漂亮，固然能占到不少便宜，但代价是容易被坏男人吃豆腐，"所以凡有时髦女子所表现的神气，是在招摇，也在固守，在罗致，也在抵御，像一切异性的亲人，也像一切异性的敌人"。鲁迅观察和分析时尚的两面性，多么睿智！

他的另一篇《洋服的没落》，一口气讲了好几个幽默故事，揭示了社会人心的变迁在服饰上的投射，有兴趣的朋友不妨找来一读。

说到"洋服"，不可不提鲁迅晚年那封著名的书信《答徐懋庸并关于抗日统一战线问题》。

其中有一段话说:"一位名人约我谈话了,到得那里,却见驶来了一辆汽车,从中跳出四条汉子:田汉,周起应,还有另两个,一律洋服,态度轩昂。"这里说的是现代文学史上著名的"两个口号论争",说来话长,不必赘述。有趣的是当事人周扬、田汉、夏衍、阳翰笙对于这"四条汉子"的说法,都很委屈,都说那天既没在鲁迅面前跳下汽车,也并非"一律洋服"。但鲁迅偏这么说!大概他觉得什么样的人物,就该有什么样的衣装吧?这可能还是文学家的思维习惯暗中起了作用。

三

鲁迅、张爱玲的时代,中国人的服饰频繁巨变,丰富多彩,也混乱不堪。这一触目的社会文化现象,他们两位的小说散文都捕捉到了。

1950至1980年代,中国人的服饰又发生革命性变化。大趋势是极端单一化。反映在文学作品中,服饰描写几乎乏善可陈。

但也有例外。20世纪50年代末的《创业史》第一部,作者柳青写梁三老汉看见俊俏的姑娘改霞穿得整齐一点,就不以为然:"啊呀,收拾得那么干净,又想和什么人勾搭呢?"梁三老汉可不是什么地痞流氓,但恰恰是善良正直的老汉看不惯姑娘家的爱美之心。当时中国的乡村,服装简陋到何等地步,由此可见一斑。

《创业史》第一部还写到十七岁的农村小伙子欢喜看见邻居小媳妇素芳打扮得整整齐齐,并且抹了雪花膏,就差点呕吐。跟普遍的朴素贫寒稍稍不同的作风,令这个小伙子多么不堪忍受啊。

尽管如此,《创业史》也并不放弃对于服装的描写。小说最后写梁三老汉穿上他的养子梁生宝孝敬的一套崭新的棉衣棉裤,圆了他多年的梦。老汉还因此认识到:"人活在世上最贵重的是什么呢?还不是人的尊严吗?"一套衣服的意义如此重要!即使在极端贫困匮乏的年代,服装的故事也仍在继续。

中国古人谈论文学上描写人物的方法,经常借用绘画理论的术语,比如说作家既可以"遗形写神",就是不关心人物外貌(包括服装),而直指本心,但也允许"以形写神","形神兼备"。上述几个现当代文学中与服装有关的例子,对这两种传统显然都有所继承。

应该说,优秀作家既可以不写或少写人物的衣着,也可以大写特写。两种方式各有千秋,都可以见出作家们的苦心孤诣,匠心独运。

草炉烧饼与满汉全席
郜元宝讲汪曾祺《八千岁》

一

当代著名作家汪曾祺的散文和小说，数量不多，但质量很高，经得起一读再读。他在文学史上的地位不仅无可争辩，而且与日俱增。

汪曾祺还有一个身份，就是人称"美食家"。因为他爱吃，夸口"什么都吃"。他主张"一个人的口味要宽一点，杂一点，'南甜北咸东辣西酸'，都去尝尝"。他自豪地说，"甚矣，中国人口味之杂也，敢说堪为世界之冠"。

不仅爱吃，他还能下厨房，做一些寒宅待客的"保留节目"。汪曾祺一生简朴，住处狭窄，根本没个像样的厨房，他只是随遇而安，自得其乐，苦中作乐，把做菜当成写作的一种调剂。他还说，做菜之前，从打算吃什么，到逛菜场实际选料，也是一种"构思"。

所以汪曾祺也很爱谈吃。他的散文尤其爱谈中国各地的食物和自己发明的美食,往往谈得兴会淋漓,令人口舌生津。

但汪曾祺反对别人称他为"美食家"。对"美食家"这顶帽子,始终拒不接受。

其实是否是美食家并不重要。究竟何谓美食家,也并没有大家都能接受的定义。汪曾祺爱吃,爱谈吃,爱做菜,只是热爱生活、感恩生活的一种表现。用他自己的话说,"我所谈的都是家常小菜。谈吃,也是一种对生活的态度,对文化的态度"。

所以汪曾祺绝非饕餮之徒,绝不刻意讲究什么"食不厌精,脍不厌细"。对过分讲究的"美食"他嗤之以鼻。他曾公开撰文反对"工艺美食",就是把食物弄出各种奇形怪状的花样。他认为那简直是胡闹。

汪曾祺有篇小说叫《金冬心》,写扬州八怪之首金农,被财大气粗的盐商请去,陪达官贵人吃饭。他们吃的东西名贵而稀罕,叫作"时非其时,地非其地",就是一桌菜,没一样是当地出产,也没一样是当时所有。今天大家都害怕大棚种植的"反季食品",而当时就特别名贵。汪曾祺写拍马屁的盐商和无聊文人,跟在达官贵人后面,装模作样赞叹那一桌美食,其实就是批判那种附庸风雅、夸奢斗富的吃法。

汪曾祺并不完全否定名贵的菜肴,但他强调这绝非平常人所能享受,而且许多名贵菜肴也确实超出了正常人的生理需要，除非特殊场合特殊需要，基本属于炫富和浪费。

二

汪曾祺所谓"美食"，只是在粗茶淡饭中享受生活，感恩生活。如果这也是美食家，那它肯定要遭遇对立面，即"恶食者"。"恶食者"不是汪曾祺的原话，是我的一个概括。我发现汪曾祺散文多谈美食，小说却常常写到穷奢、欲暴殄天物的饕餮之徒，他们用不义之财追求过度消费，自以为是美食家，瞧不起普通人的粗茶淡饭，其实这些人哪里是什么美食家，顶多只能算是恶食者。

汪曾祺短篇小说《八千岁》，就生动描写了这两种美食观念的尖锐对立，也就是美食家和恶食者的狭路相逢。

小说《八千岁》的主角就叫八千岁，他靠着一股子心劲，埋头苦干，拼命硬干，居然成为家资饶富的米店老板。发家之后，他"包子有肉，不在褶儿上"，依然保持勤俭持家的本色。但八千岁的勤俭有点过分，"无冬历夏，总是一身老蓝布"，对任何超出基本需要的美食都不感兴趣。那些游手好闲之辈和富贵之家所夸耀的美食，根本不入他的法眼。他总是说："这有什么吃头！"

八千岁平常都吃些什么呢？小说这样交代：

> 八千岁的菜谱非常简单。他家开米店，放着高尖米不吃，顿顿都是头糙红米饭。菜是一成不变的熬青菜。——有时放两块豆腐。
>
> 有卖稻的客人时，单加一个荤菜，也还有一壶酒。客人照例要举杯让一让，八千岁总是举起碗来说："我饭陪，饭陪！"
>
> 这地方有"吃晚茶"的习惯……八千岁家的晚茶，一年三百六十日，都是草炉烧饼，一人两个。

小说有一大段文字写"草炉烧饼"，总之极其粗糙、简单而便宜。汪曾祺写得实在太好了，以至于惊动大洋彼岸深居简出的张爱玲，专门因此写了篇《草炉饼》。这是题外话，不说也罢。

且说八千岁这样吃，人以为苦，他反以为乐。头糙红米饭、青菜豆腐和草炉烧饼，就是他的美食，如果八千岁也知道有"美食"这个说法的话。

看八千岁吃饭，令人想起汪曾祺唯一的中篇小说《大淖记事》中那些"靠肩膀吃饭"的挑夫们也是这么吃饭的：

一到饭时,就看见这些茅草房子的门口蹲着一些男子汉,捧着一个蓝花大海碗,碗里是冒堆堆的一碗紫红紫红的米饭,一边堆着青菜小鱼、臭豆腐、腌辣椒,大口大口地在吞食。他们吃饭不怎么嚼,只在嘴里打一个滚,咕咚一声就咽下去了。看他们吃得那样香,你会觉得世界上再没有比这个更好吃的饭了。

这些挑夫"无隔宿之粮,都是当天买,当天吃",八千岁却是米店老板,但仔细看来,你会发现,挑夫们的小菜还胜过八千岁。八千岁只有"青菜豆腐",挑夫们吃饭,还"一边堆着青菜小鱼、臭豆腐、腌辣椒"呢。

这当然只是细微区别,本质上八千岁和挑夫们属于一类,就是热爱生活,拼命工作,无所抱怨,心存感谢,粗茶淡饭,甘之如饴。汪曾祺就是欣赏、推崇普通中国人的这种生活态度,所以他的小说特别接地气,特别令人感到温暖而踏实。

三

但小说写到一半,突然蹦出个"八舅太爷",几乎动摇了八千岁的生活原则与饮食习惯。

八舅太爷是青红帮出身，趁着抗战，混入军界，带着他的"独立混成旅"，在里下河几个县轮流转。名为保境安民，实乃鱼肉乡里，大发国难财。看过沪剧《芦荡火种》或者汪曾祺由沪剧改编的京剧《沙家浜》的读者，不妨将这位八舅太爷想象成土匪头子胡传奎。他们是一类人。

八舅太爷在八千岁家乡驻扎了一阵子，突然奉调"开拔"去外地。临行前他以"资敌"的罪名绑架了八千岁，勒索八百大洋，才肯放人。

八舅太爷花六百块钱给一个流落江湖的风尘女子买了件高级斗篷，剩余二百，就办了"满汉全席"，"吃它一整天，上午十点钟开席，一直吃到半夜"。

当地人没见过"满汉全席"，八千岁刚放出来，忍不住也跑去看，"一面看，一面又掉了几滴泪，他想：这是吃我哪！"这事过后，八千岁的饮食有了微妙变化。

吃晚茶的时候，儿子又给他拿了两个草炉烧饼来，八千岁把烧饼往账桌上一拍，大声说："给我去叫一碗三鲜面！"

八千岁竟然不吃草炉烧饼，改吃三鲜面，这是受了八舅太爷刺激，自暴自弃，开始大手大脚，挥霍浪费呢，还是因为刺激而想开了，从此不再苦待自己，也适当讲究一点吃喝？又或者只是一时的赌气，过后还要继续吃草炉烧饼？小说没有交代，但总之被八舅太爷这一闹，八千岁确实伤透了心。

在八千岁看来，吃饭就是吃饭，讲究那么多干吗！美食只是八舅太爷之流弄出来的花样。他们的美食，在八千岁看来就是恶食，而八舅太爷或他人眼里的恶食，才是八千岁的美食。

八千岁和八舅太爷的美食观势不两立。正是八千岁远近闻名的节俭之风，激怒了本来毫不相干的八舅太爷。八舅太爷这种人就是要巧取豪夺，就是要铺张浪费，就是要矜夸炫耀，就是要穷奢极欲，而八千岁引以自豪且为人称道的作风处处与之相反，这岂不是要跟他唱对台戏吗？这岂不就等于给他八舅太爷打脸吗？

这个道理，小说写得很清楚：

> 八舅太爷敲了八千岁一杠子，是有精神上和物质上两方面理由的。精神上，他说："我平生最恨俭省的人，这种人都该杀！"

无权无势的八千岁只是本分地享受他自己的美食，但手握重兵、为所欲为的八舅太爷就不同了，他不仅享受自己的美食，还要推己及人，至少方圆数百里受他"保护"的乡民都必须认同、称赞、羡慕他的美食。他岂能容忍在势力范围之内，还存在另一种迥然不同却受人尊敬的美食?

所以八舅太爷一定要绑架、勒索八千岁,一定要碾压乃至摧毁八千岁这种人的美食。八舅太爷的美食是满汉全席,八千岁的美食是头糙红米饭、青菜豆腐和草炉烧饼,二者表面上井水不犯河水,却迟早要发生冲突,因为性质太不相同,所谓冰炭难容,不共戴天。

汪曾祺写小说,跟他所激赏的当代另一位优秀作家阿城的短篇《棋王》一样,都注意描写"吃"这个"人生第一需要"。他们笔下的八千岁、挑夫、棋王王一生的"吃",既满足生理需求,更显出"一种神圣的快乐"。要说美食家,这些人才是真正的美食家。

作为对照,汪曾祺也经常写到"恶食者",就是那些张牙舞爪的饕餮之徒,他们用不义之财追求过度享受,暴殄天物,也败坏了生活。

一饮一食之间,蕴含着生活的真理。汪曾祺就是善于在一饮一食之间观察中国人,赞赏那可赞赏的,批判那应该批判的,善善恶恶,激浊扬清,给人以深刻的启迪。

口福能再长久一点点，就不仅仅是口腹之欲了

段怀清讲梁实秋《雅舍谈吃》

一

梁实秋写过一篇回忆胡适的文章，文中描写胡适的一次请客。

请客地点是在北京或者上海的一家徽菜餐馆。大家都知道胡适是安徽绩溪人，也就是所谓徽州人。一行人刚进餐馆，门里的掌柜就注意到了，朝着厨房里吆喝一声：绩溪老倌，多加油啊！意思就是嘱咐厨师，来客是绩溪老主顾，菜里面要多放油。

这一细节让我们看到的，并不是梁实秋的会吃，也不是梁实秋会写吃，而是梁实秋会从吃来观察并描写人与吃的关系，以及人与人的关系，还有人与时间以及记忆的关系。

大家都知道，吃在中国从来都不是小事，因此上至国家领导，下至平民百姓，都关心吃，也都谈吃。多少与此有关，汉语文本中有关吃的文字亦就不少，

其中相当一部分还成了文字经典。

这一部分成为文字经典者,多出于中国作家之手,譬如明代作家张岱的《陶庵梦忆》,以及曹雪芹的《红楼梦》,而不是出自厨师之手。

中国作家喜欢写口福饮食,这或许可以与欧美作家善写昆虫鸟兽有得一拼。

其实汉语文本中有关花鸟鱼虫的文字亦很多,不过一般读者印象深刻的,大概还是那些描写口福饮食的作家文章。其中原因,对于作者而言,或许有不可为外人道或者不尽为外人道之个人隐私,不过在读者看来,这些文字中间的那些人生口福,以及文字之外的那些闲情逸致,无不沾染着中国文化的气息,甚至就是中国文化浑然天成的一部分。乐此不疲的文人雅士,与沉浸其中的古今读者,在这里找到了超越时空相互对话、彼此会心的基础或交集。

而在中国现代作家中,梁实秋是一个以《雅舍谈吃》而出名者,当然梁实秋在这个谈吃、写吃的作家身份之外,还是一个著名的翻译家、文学评论家和学者。换言之,梁实秋并不是因为"好吃"才出名,或者说并不仅仅是因为"好吃"而知名。

二

其实梁实秋的"好吃",也不是我们一般意义上的好吃。如果你读过《雅舍谈吃》,就会发现其中所写到的吃食,并非是什么常人所不能见、所不能食的珍馐美味,不过是些寻常百姓亦常见之且常食之的普通之物而已。譬如南方人爱吃的汤包、南方人北方人都爱用的火腿,以及醋熘鱼、烤鸭、烤羊肉等。就连狮子头这样曾经的淮扬菜中的一道食物,现在也是街头巷尾的小摊铺子里皆可见到的寻常之物了。

有人读《雅舍谈吃》,读出来的是"故乡的味道,是真味";也有人觉得这是一部雅致的"吃货"指南;还有人觉得《雅舍谈吃》就是"忆美食,忆往昔,一道菜,一段情"。这些读法和说法都有道理,也都算得上是对《雅舍谈吃》的正解。

如果我们将《雅舍谈吃》读过一遍两遍,会发现其中所谈及的绝大部分食物,今天的读者不仅吃过,有的甚至已经是我们日常餐桌上的常客。

也因此,无论是《雅舍谈吃》,还是梁实秋的谈吃,之所以令人流连不已,并非仅仅是其所吃、所谈、所写之对象,而是他写这些食物的方式,也就是那些文字语言,成为我们今天的读者与他所写的那些食物之间,一道光闪闪的桥梁。有时候在品尝过了他所谈、所写的那些食物之后，依然会对那些文字语言留恋不已，也就是说，在食物与写食物之间，也许更让读者们留恋的，不一定是食物本身，而是吃食物、谈食物以及写食物之时的那种经验状态、情感状态、审美状态和人生状态。

譬如《核桃酪》一篇。这篇文章所记，表面上看是核桃酪这道甜汤，但实际上是写日常生活中的家庭亲情：

> 有一年，先君带我们一家人到玉华台午饭。满满的一桌，祖孙三代。所有的拿手菜都吃过了，最后是一大钵核桃酪，色香味俱佳，大家叫绝。先慈说："好是好，但是一天要卖出多少钵，需大量生产，所以只能做到这个样子。改天我在家里试用小锅制作，给你们尝尝。"我们听了大为雀跃，回到家里就天天缠着她做。

其实，这里的核桃酪，不过成了写作者与父亲母亲、与家人亲情及早年生活记忆之间的一道"中介"而已。

三

《雅舍谈吃》中不少文章，并没有详细地描写这些食物的制作细节，只是轻描淡写地提到它们的一些特点，因此它并不是一部食谱。而且这些特点更多也并非食物的纯物理状态，而是与写作者的经验记忆相关。倘若有读者想循着《雅舍谈吃》中所写的那些文字，来追溯制作其中所写的每一道食物，即便是能够复原制作每一道食物，吃过之后也未必能复原《雅舍谈吃》文字中的那些感觉。因为那些感觉，甚至那些文字，都是无法复制的。

不妨来引述梁实秋在《媛姗食谱》"序"中的一段文字，来看看直到晚年，梁实秋对于人与食物之关系的体验认识：

> 这些谈吃的文字，……随便谈谈，既无章法，亦无次序，想到什么就写什么。我不是烹调专家，我只是"天桥的把式——净说不练"。游徙不广，所知有限，所以文字内容自觉十分寒伧。大概天下嘴馋的人不少，文字刊布，随时有人赐教，有一位先生问我："您为什么对于饮食特有研究？"这一问问得我好生惶恐。我几曾有过研究？我据实回答说："只因我连续吃了八十多年，没间断。"
>
> 人吃，是为了活着；人活着，不是为了吃。所以孟子说："饮食之人，则人贱之矣，为

其养小以失大也。"专恣口腹之欲，因小而失大，所以被人轻视。但是贤者识其大，不贤者识其小，这个"小"不是绝对不可以谈的。只是不要仅仅成为"饮食之人"就好。

《朱子语录》："问：'饮食之间，孰为天理，孰为人欲？'曰：'饮食者，天理也；要求美味，人欲也。学者须是革尽人欲，复尽天理，方始是学。'"我的想法异于是。我以为要求美味固是人欲，然而何曾有悖于天理？如果天理不包括美味的要求在内，上天生人，在舌头上为什么要生那么多的味蕾？

偶因怀乡，谈美味以寄兴；聊为快意，过屠门而大嚼。

这段文字，为大家所欣赏者为最后一句话——"偶因怀乡，谈美味以寄兴；聊为快意，过屠门而大嚼"——从这里我们也可以找到进入《雅舍谈吃》这部饮食小品阅读理解的一个入口。其实并没有什么特别深奥的哲学的、人生的大道理隐藏其中，不过是日常的饭桌上、饮食中观察、体会人生与生活的一种方式、一种状态，以及一种境界而已。

每逢佳节，多少返乡游子在与家人乡邻欢聚的同时，定然会有推杯换盏、觥筹交错的时刻。而无论是"烹羊宰牛且为乐，会须一饮三百杯"的豪情热闹，还是"绿蚁新醅酒，红泥小火炉。晚来天欲雪，能饮一杯无"的清淡寂寞，其实都能够让我们在饮食与口福之外或之余，体验到人生及现实不同的处境，亦由此而生成一些新的感悟甚至于觉悟。

而《雅舍谈吃》如果说一定有所深意和寄托，那也一定是既在"吃"内，又在"吃"外。能够体验到"吃"之内者多，而能够觉悟到"吃"之外者，大概就不一定那么多了。想来这大概也是《雅舍谈吃》在读者当中至今不衰的缘由之一吧。

寻找生命中的桃花源
王小平讲王安忆《天香》

一

如果说,王安忆的《长恨歌》写的是上海的今生,那么《天香》就是上海的前世。

上海曾经有过一座私家园林,叫作露香园,由明代顾名儒、顾名世兄弟所建,景色秀丽,盛产水蜜桃,而最有名的是由顾家的女眷所开创的"顾绣",绣工精湛,代代相传,闻名天下。《天香》这部小说就是以露香园和顾绣为原型来写的,讲天香园的建造和天香园绣的诞生、发展与流传。小说里写的园林、绣艺,看起来是日常生活事物,却与个体生命息息相关,还蕴含着家族兴衰、时运气数,甚至与历史走向、天地造化相感应,有着很大的气象和格局。我们先来看小说的故事内容。

《天香》一共有三卷。第一卷开头,讲的是申儒世、申明世兄弟为建造"天香园"选址,小说里这样写:

> 远远就见一片红云悬浮，原来是桃花盛开。花朵丛中，穿行飞舞成千上万粉蝶，如同花蕊从天而降；地下则碧绿缠绕，是间种的蚕豆，豆荚子在风中响着铃铛。

这有点像世外桃源。造园的时候，申家正是兴旺之际，子弟们生活安逸、喜欢玩乐。小说里写到，园子还没完工的时候，申明世的儿子柯海就迫不及待地要带领小伙伴们游园，他在荷花已经谢了的季节，用人工之力造就"一夜莲开"的盛景，传诵一时。

天香园竣工之后，正式设宴招待宾客。申明世把纤细的蜡烛放到莲心里，天黑以后，莲花池中驶入一艘小船，将每一朵莲花点亮，更巧妙的是，每支蜡烛中都嵌着一株花蕊，当莲花被点亮的时候，香味也随之四处飘溢，满池流光溢彩，真正是天上人间。

园子造成之后，主角便逐渐移到下一代。柯海娶了书香门第家的女儿小绸，天香园就成为他们游戏、玩乐的世外桃源。他们制作装裱字画的糨糊，在园子里设集市，学外面的人做买卖，到桃树结果的季节，自己动手做桃酱，被园外的人们争相求购，称为"天香桃酿"，柯海请来师傅，自己动手制墨，就连园子里的和尚也喜爱养花。

整个园子桃香弥漫，娇艳无比，真正是盛年好光景，江南好风光。小说里这样写富足优美的江南文化：

> 江南富庶之地，山高皇帝远，像是世外，又像偏安。
>
> 上海的士子，都不太适于做官。莺飞草长的江南，格外滋养闲情逸致。稻熟麦香，丰饶的气象让人感受人生的饱足。

江南园林中，亭台楼阁、山石、花木，效法自然，又往往与诗画相通。那些经历过宦海浮沉的园主人们，所追求的是人生的隐逸境界。

小说里的申家男人也是不喜欢做官的，他们更愿意享受悠游自在的园林生活。而在这样一种比较富足的文化中，已经有了商品经济的萌芽。刚才提到的，申家人在园子里办集市，天香桃酿被抢购，看起来是闺阁游戏，并非为了赚钱，实际上却已经与外面的经济生活息息相通。

小说里接下来要重点讲述的天香园绣的产生与流传，更印证了这一点。

二

柯海虽然与小绸恩爱，但却在阴差阳错中纳闵氏为妾，性情刚烈的小绸于是毅然离去，另住一处，从此终生不再与柯海往来。柯海的小妾闵氏是苏州织工的女儿，绣艺精湛，人也本分老实。小绸和闵氏本来有着芥蒂，后来在柯海弟弟镇海媳妇的牵针引线之下，渐渐走近。小绸对刺绣产生了兴趣，向闵氏学习绣艺，并将诗、画融入刺绣中。于是，闺阁女子的伤心寂寞、以物遣怀，却反而成就了"天香园绣"的传奇。这就是小说的第一卷"造园"，交代了天香园的由来和"天香园绣"的诞生。

小说第二卷"绣画"和第三卷"设幔"，讲的是天香园绣在第二代女子手中发扬光大，并在第三代女子手中流入民间的故事。

柯海的弟弟镇海，有一个儿子阿潜，在母亲去世后由伯母小绸抚养长大，后来娶了杭州人希昭。希昭是第二卷中的女主人公。她从小被当作男孩子养，熟读诗书，擅长丹青。希昭虽然喜欢天香园绣，一开始却不愿意跟随小绸学习刺绣。

后来，希昭的丈夫阿潜爱上了听曲，如痴如醉，于是离家出走，跟随戏班子到处流浪。于是，小绸与希昭这两个失意人之间似乎有了某种默契和妥协，希昭终于登上绣阁，正式加盟天香园绣，并在小绸的基础上，进一步将绘画与刺绣融合，绣艺很快达到了出神入化的境界。希昭心高气傲，在每完成一幅作品后，除了落款"天香园"之外，还在前面加上四个字，"武陵绣史"。

希昭是杭州人，杭州以前又称"武林"，但希昭却认为或许就是《桃花源记》的那个"武陵"，并引经据典以论证。小说里有好几处提到"武陵"，是有一种出世的气息在里面的。希昭本人就很有道家隐逸的风度，心性高洁，在她的手里，天香园绣从普通的闺阁游戏，进入了更高层次的艺术审美境界。至此，天香园绣终于名扬天下，发展到了巅峰。

再接下来就是开枝散叶。第三卷的主要人物是希昭的侄女蕙兰。蕙兰出嫁的时候，天香园已经逐渐衰败，申家甚至拿不出像样的陪嫁，于是，她去找小绸，要了"天香园绣"这个名号作为陪嫁，也就是说，日后她绣的东西，都可以落款"天香园"。

蕙兰出嫁后没几年，丈夫就去世了，留下一个孩子。公公伤心过度，一病不起，丈夫的哥哥跟随妻子投奔了老丈人。这样一来，家里就剩下了蕙兰、公婆和孩子。蕙兰靠做绣工支撑一家的吃穿日用，后来，更是违背了天香园绣不得流入外人之手的规矩，设幔收徒，收了两个民间女子为徒弟，一方面是帮助自己，一方面也是让她们学习一门手艺，可以生存下去。

这样，天香园绣就彻底流入了民间。

三

从小说的内容来看,天香园绣和天香园的走向基本上是反的,天香园绣的诞生,始于柯海夫妇的感情破裂。园中人一开始是在无忧无虑、天真无邪中度过的,就像《红楼梦》里前期的大观园,之后就走了下坡路。可是,天香园绣却正是在这种一步步衰败中慢慢发展起来,并且走出了另一派新气象。

小说里,申家的女人们虽然是柔弱的闺阁女子,但与申家男人们的挥霍、散漫、游戏人生的态度相比,却有着一种稳定、务实的人生态度。在她们的悉心经营下,精湛的天香园绣不仅有着最上乘的艺术审美,而且还成了养家糊口的生计来源。作者从这一技艺入手,写出了女性在维持、延续家族生存中的重要地位。

小说里有两处写得很有意思,一处是在第二卷中,闵氏的父亲闵师傅到天香园中看望女儿,他本来已经感觉到了园子的衰败,心中有点哀戚,但一上绣楼,眼前陡然一亮,小说写他:

> 心中生出一种踏实,仿佛那园子里的荒凉此时忽地烟消云散,回到热腾腾的人间。闵师傅舒一口气,笑道:"好一个繁花胜景!"

另一处是在第三卷，蕙兰出嫁后回娘家，这时，申家家道中落，天香园有了凋敝之相，但是，小说里写：

> 希昭的绣画，是这通篇败迹中的一脉生机。唯有这，方才鼓起蕙兰的心气，不至于对娘家太失望。

这两处，都写出了在家族逐渐没落之际，天香园绣成为最后的一线生机。这种务实的人生态度，再加上当时商品经济的发展，园中女子们劳作的价值开始显示出来，并逐渐具有了独立的地位。

小说第三卷还写到了一个历史上的真实人物徐光启。那时候，他还很年轻，却已经开始关心社会实务。天香园逐渐衰落，失去往日的精致优雅之后，徐光启借了园子里的地，用来种甘薯，这也很有意思。这种以实用为导向的劳作，看起来不那么高雅，但却预示着另一种走向，就好像小说中的天香园绣一样。

刺绣本身是始于美化生活的需要，后来越来越精致细腻，成为宫廷贵族享有的高雅艺术。但是，在《天香》中，作者为我们呈现了一个从贵族、皇家逐渐下降到民间的过程。小说中的闵氏，家里是世代织工，从苏州织造局领活计，绣出来的东西是供宫廷用的。她将刺绣带入申家，这从刺绣本身的地位来讲已经是下降了。希昭又使它成为一种高雅的文人艺术，但最终，它还是回归到生计日用。最后，天香园绣也变得很接地气，成为一种坚实的物质生活基础。

于是，小说写出了人与物之间比较和谐的一种关系，通过人的劳作，去创造物，从而获得安身立命之地。《天香》里，好几处提到"天工开物"，并且借用徐光启这个人物，讲了一段话：

> 日月星辰为昼夜转换，四季更替轮回，昼夜与四季供庄稼种植休憩成长，庄稼种植又为人道生息繁衍，人道则以识天文地理为德，于是相应相生，绵延不绝。

这段话把人与劳作、人与物的关系讲得很透彻。

自然轮转、四季循环，为庄稼种植、生命繁衍提供条件，而人又在耕种、繁衍的过程中去认识天道自然，于是天人相应相生，绵延不绝。

在小说中，天香园绣的产生与流传，正体现了这种人与物的自然与和谐。当天香园绣还是一种闺阁游戏时，它是传统女性排遣寂寞、获得心灵自由的一种方式。比如小绸、闵氏、希昭，她们在对男性的失望中，潜心研究刺绣，最终将天香园绣发展为最上乘的艺术，并且在这种共同的劳作中，建立起惺惺相惜的女性情谊，相互陪伴，一起度过余生。

而当家族逐渐败落时，天香园绣就不再仅仅是一种闺阁游戏，而成了经济来源。这个时候，刺绣既是心灵的归宿，也是身体的支撑。希昭与蕙兰，彼此守望相助，承担起家族重任。于是，人与物之间的关系，也不再仅仅停留在借物遣怀的层面，而是通过物的劳作与创造，去满足人切实的日常生活需求。

小说最后，写蕙兰绣婶婶希昭临董其昌的一幅字：

> 那数百个字，每一字有多少笔，每一笔又需多少针，每一针在其中只可说是沧海一粟。蕙兰却觉着一股喜悦，好像无尽的岁月都变成有形，可一日一日收进怀中，于是，满心踏实。

这里的喜悦、满心踏实，是通过勤勤恳恳的劳作得来的。这个时候，精神的快乐与物质的收获，是合一的。在劳作中，人们收获生命的满足，在创造物的同时，从中感受天地的气息，感受生命的律动，实现与自然、与世界的和谐，其实就是刚才讲到的徐光启那一段话的意思。在小说中，当天香园失去了庇护身心的功能之后，天香园绣，或者说劳作与创造，带给人一种生命的归宿感，真正成为安顿身心的桃花源，物质的自给自足带来了心灵的自由。

我们现在怎样做父亲
文贵良讲傅雷《傅雷家书》

一

《傅雷家书》于1981年8月出版发行,北京各大新书书店上架后一天卖光,至今销售约三百万册。作为一本书信集和散文集,其销售量是非常可观的。今天,我们读《傅雷家书》,想谈一个问题:我们现在怎样做父亲。

这个问题是鲁迅先生一篇文章的题目。他的文章发表在1919年的《新青年》上。2019年恰好是五四运动一百周年,再讲我们怎样做父亲,也算是对五四运动的一种纪念吧。

这也表明这是一个老话题,一个不会过时的话题。

鲁迅主要谈了五四时代人们怎样做父亲的原则及理由,原则就是打破中国传统礼教的父权制度,以年幼者为本位,承认他们的独立价值。父亲不是绝对的权力者,而是困难的承担者。他说:

> 自己背着因袭的重担，肩住了黑暗的闸门，放他们到宽阔光明的地方去；此后幸福的度日，合理的做人。

这段话非常有名，被不断引用。鲁迅先生这么说的理由是进化论，作为父亲，既然生产了新的生命，就要承担责任：一要保存这生命；二要延续这生命；三要发展这生命。生物都这样做，人类中的父亲尤其应该这样做。

后来的事实证明，中国的父母确实是朝着鲁迅先生所说的方向发展的，不幸的是，发展过头了，走向了极端。独生子女时代，父母将子女视为"小皇帝""小太阳"。传统的棍棒教育变成了娇惯宠养、一味顺从的教育。我们都知道，这两种方式都不对。《傅雷家书》提供了第三种可能：与子女做朋友，成为朋友式的父亲。

二

但是，父亲要成为子女的朋友，尤其是儿子的朋友，不是一件容易的事情。

傅雷也不是一开始就成了儿子傅聪的朋友。傅雷对小时候的傅聪要求非常严格。抗战时期，傅聪跑到云南去了，并不在傅雷身边。这个时期，傅雷父子之间关系有些紧张。1953年开始,傅雷转向成为朋友式父亲。那傅雷是怎么做到的呢?

首先,傅雷开始批评自己,承认自己的错误。这一点对很多大男人来说,非常艰难。他们宁愿扛着子女跑八千米或者一万米,也不愿意对小孩说一声"对不起"。

我们看看傅雷是怎么批评自己的:

> 孩子,我虐待了你,我永远对不起你,我永远赎不了这种罪过!
> 尽管我埋葬了自己的过去,却始终埋葬不了自己的错误。

这些诚恳的自我批评,是成为朋友式父亲的起点。有人说,对儿子这么忏悔,好像是罪人,做不到!实际上不难做到,面对子女的时候,跨出一步,向后转,与子女并肩站立。做父母的,站在子女的角度,设身处地地想一想,就会知道自己的许多想法、许多行为,是多么荒唐。换位思考后,发现自己的错误,然后谦虚地承认自己的错误。道理很简单,你要取得子女尊重,你也要尊重子女。

傅雷的自我批评,暗含着一个重要信息,即对儿子的尊重,把父子放在天平的两端,保持着平等的姿态。

从这一点说，其实应该做一位有点弱势的父亲。太强势的父亲，往往教出两类子女：一类非常懦弱、没有主见、没有闯劲；另一类非常顽劣、专门与父亲作对。做一位弱势的父亲，有助于小孩的成长。

当然，这里说的弱势，不是无能，不是放任，而是当发生冲突的时候，做父亲的要多忍耐一些，多尊重一点，多等待一会。以平等的方式与子女交往，与子女谈话，以朋友的方式去引导子女，把自己的要求寓于引导之中，让子女不知不觉地接受。

三

只是批评自己，还不能成为子女的朋友，至少不能成为有困难向你求助、有喜悦与你分享的那种朋友。傅雷教育儿子，形成了一种独特的教育方法，可以概括为五指握拳法。五个手指，握成拳头，坚强有力。五指握拳的教育方法包括五个方面：提出明确要求，加以适当鼓励，提供实践方法，强化要求的意义，设置缓冲环节。这五个方面相结合，威力无比，教育效果非常好。

举个例子，傅雷如何教傅聪对待爱情与婚姻问题。

爱情与婚姻是年轻人绕不过去的人生问题。傅聪1953年出国，与女友分别，爱情遇到危机。傅雷告诉儿子:"学问第一,艺术第一,真理第一,——爱情第二,这是我至此为止没有变过的原则。"

有人也许不同意这个观点,但仔细想想,就会完全赞同,理由都很明白。这是提出明确要求,傅雷当然希望儿子能够接受。

傅聪显然是接受了傅雷的看法,因为傅雷大约一个月后的信上说:"很高兴你又过了一关。……爱情的苦汁早尝,壮年中年时代可以比较冷静。……我祝贺你有跟自己斗争的勇气。一个又一个的筋斗栽过去,只要爬得起来,一定会逐渐攀上高峰,超脱在小我之上。辛酸的眼泪是培养你心灵的酒浆,不经历尖锐的痛苦的人,不会有深厚博大的同情心。所以孩子,我很高兴你这种蜕变的过程,但愿你将来比我对人生有更深切的了解,对人类有更热烈的爱,对艺术有更诚挚的信心!"

这种鼓励,不仅接地气,而且很有高度。傅聪与他老师的女儿恋爱订婚,傅雷首先表达了欣喜之情,然后告诉傅聪怎么对待伴侣:

> 对终身伴侣的要求,正如对人生一切的要求一样不能太苛。事情总有正反两面:追得你太迫切了,你觉得负担重;追得不紧了,又觉得不够热烈。温柔的人有时会显得懦弱,

刚强了又近乎专制。幻想多了未免不切实际，能干的管家太太又觉得俗气。

很多人追求完美，完美的人哪里有？首先自己就不完美。结婚了，接下来父母关心的就是生小孩的事情。傅雷的夫人想早点抱孙子，傅雷却觉得可以缓一两年。两人争执不下，就把想法告诉傅聪，不过最终主意还是看傅聪夫妇的。

傅雷用中文给儿子写信，用英文给媳妇写信。有一段时间，媳妇来信比较少，傅雷就告诉傅聪提醒媳妇要适当给公公婆婆写信，不过态度要柔和。

后来傅雷接到媳妇的一封长信，他很高兴，回信是：

> 二十四日接弥拉（弥拉——傅聪的妻子）十六日长信，快慰之至。几个月不见她手迹着实令人挂心，不知怎么，我们真当她亲生女儿一般疼她；从未见过一面，却像久已认识的人那样亲切。读她的信，神情笑貌跃然纸上。口吻那么天真那么朴素，taste（品味）很好，真叫人喜欢。成功的婚姻不仅对当事人是莫大的幸福，而且温暖的光和无穷的诗意一直照射到、渗透入双方的家庭。

要成为朋友式的父亲，也要表达自己的快乐，要说出自己的快乐，让子女们感受到你的快乐。

傅雷是这么表达他的快乐的："儿子变了朋友，世界上有什么事可以和这种幸福相比的！""我从与你相处的过程中学到了忍耐，学到了说话的技巧，学到了把感情升华！"听了父亲这种快乐的话，哪个子女会不愿意成为父亲的朋友呢？

惩罚和被惩罚，被伤害和伤害别人
张新颖讲余华《黄昏里的男孩》

一

这篇小说非常简单。

故事的起因是一个小孩从水果摊偷了一只苹果，这样的小事一般来说不太可能成为起因，因为通常不会引发故事，不足以推动故事的发展。但在余华的笔下，我们看到了以相当冷静、简洁的语言进行叙述的堪称触目惊心的过程。这个过程就是摊主孙福对男孩的惩罚。本来这个过程随时都可能终止，可是却一次一次出人意料地不断往下发展。其情形似乎是，一旦走上了某种轨道，就会顺着惯性不可遏止地往下滑。

小孩因为饥饿偷苹果，孙福抓住他后，卡住他的脖子，让他把吃到嘴里的一口苹果吐出来，一直吐到连唾沫都没有了为止。这是第一个环节；第二个环节，扭断了男孩右手的中指；第三个环节，把他绑在水果摊前，要他喊叫"我是小偷"，直到天黑收摊。

我们不禁要问：这个使惩罚不断发展的轨道和惯性是什么？

小说在叙述孙福惩罚男孩的同时，特别叙述了他所做的道德化表达，对照上述的惩罚环节，他说的是：

> "我这辈子最恨的就是小偷……吐出来！"
>
> "要是从前的规矩，就该打断他的一只手，哪只手偷的，就打断哪只手……""对小偷就要这样，不打断他一条胳膊，也要拧断他的一根手指。"
>
> "我也是为他好。"

就是这一类冠冕堂皇、充分社会化的理由，使他的惩罚越来越严厉，越来越残酷。也就是说，能够被普遍接受的道德戒律成为发泄恶和残酷的借口。

到后来，他不再为自己失去一只苹果而恼怒，倒是心满意足地欣赏和陶醉于自己的惩罚"艺术"了。

这惩罚也真是"艺术"。不仅需要找到最理直气壮地实施惩罚的理由——这理由是现成的，也就是早就有了的"规矩"，拿来用就是；而且需要欣赏这种"艺术"的观众：有人围上来看，孙福就会兴奋起来，就会刺激他继续表演下去。要男孩自己喊叫"我是小偷"，是这种惩罚"艺术"中的精华，当众自我羞辱。

二

值得注意的是，在整个惩罚过程中，男孩没有反抗，只有接受和顺从。他没有能力反抗：这不仅是说面对孙福，他没有身体的力量；面对公共的社会伦理的"规矩"，他更没有力量。

惩罚过程结束，故事也就结束了。可是小说到这里出现一个大转折，以极其俭省的文字叙述了孙福的遭遇，掀起过去生活的一角，窥见如泛黄的黑白照片般的似乎已经风化了的苦痛和磨难。

很多年前，孙福曾经有过一个还算和美的家庭，可是生活和命运"偷"走了几乎一切：先是五岁的儿子沉入池塘的水中，再是年轻的妻子跟着一个剃头匠跑了。

从过往的经历,似乎可以解释孙福的"恨",他"最恨的就是小偷"。一个受到伤害的人，伤害郁积，扭曲性情，很容易产生报复的心理和行为，而报复的对象，往往是比自己更无能无力的人。这样，一个受伤害的人就变成了伤害别人的人。

我不想把这个故事的意义普遍化，但我还是要说，这种情境可能发生在我们任何一个人身上——

我们每个人都可能成为孙福,被生活的磨难所改变,以扭曲的方式,以堂皇的理由,发泄对于生活的怨恨和报复;

我们每个人也都可能是那个没有名字的男孩,不知什么时候就会陷入以公共的、抽象的、高高在上的规则为名义的围困当中,接受惩罚,无力反抗,无法辩驳;

还有一种更可怕的情况:那个被折断了手指的男孩,将来会不会也把自己所受的伤害郁积成伤害别人的力量?也就是说,那个男孩,将来会不会变成孙福?这样的人性变态过程,或轻或重,或隐或显,会不会发生在我们身上?

三

想到这些问题,我们再来读惩罚过程完成后的一段文字,实在不能平静:

> 男孩向西而去,他瘦小的身体走在黄昏里,一步一步地微微摇晃着走出了这个小镇。有几个人看到了他的走去,他们知道这个男孩就是在下午被孙福抓住的小偷,但是他们不知道他的名字,也不知道他来自何处,当

然更不会知道他会走向何处，他们都注意到了男孩的右手，那中间的手指已经翻了过来，和手背靠在了一起，他们看着他走进了远处的黄昏，然后消失在黄昏里。

资本与道德的较量
文贵良讲茅盾《子夜》

一

1933年,《子夜》在上海出版,当时就有人认为这是一部"划时代的"杰作。今天看来,《子夜》把工厂、金融市场作为小说的主要内容,确实称得上第一部规模宏大地描写上海现代经济生活的杰作。现代经济生活的一个核心要素是资本,资本极大地影响人们的生活质量和生存状况,刺激着人们欲望的膨胀,从而与道德发生冲突。

《子夜》的第一章,写吴老太爷被接到上海,下船后坐汽车进入吴公馆,受不了上海都市强烈的刺激,当天晚上就一命呜呼。这个开头非常巧妙,它以吴老太爷这位二十年不问外界事情的人来看上海,一下子就把这所大都市的现代特色描绘出来。因此吴老太爷的死亡就带有一种象征意味。

小说中一位人物把吴老太爷比喻为乡下古老的僵

尸,一到了上海就风化了。他说道:

> 去罢!你这古老社会的僵尸!去罢!我已经看见五千年老僵尸的旧中国也已经在新时代的暴风雨中间很快的很快的在那里风化了!

很显然,旧中国作为五千年的老僵尸即将风化的说法,是一种比喻的说法,象征着旧中国的经济结构和伦理道德将发生巨大的变化。

资本,尤其是金融资本,能在很短的时间内,让利润成倍增长。

我们先来看看,20世纪30年代的上海,金融市场上的资本家是怎么运作资本的。金融市场的债券、股票受战争的影响很大。

而1930年中国正在发生一场大战,即中原大战。大战的一方是以蒋介石为代表的中央军,另一方是由冯玉祥、阎锡山等人率领的西北军,大战主要发生在河南、山东、安徽等省,所以称为中原大战。

《子夜》并没有直接写这场大战。小说里有这样一个情节:上海是蒋介石中央军的经济后盾。中央军打胜仗,公债就涨;中央军打败仗,公债就跌。正当中央军吃紧的时候,公债下跌,很多散户急于脱手。

赵伯韬、吴荪甫、杜竹斋和尚仲礼四位资本家筹措四百万先低价购进，等到涨上去后再抛售。

难道公债就一定涨吗？他们想了一个办法：花了三十万买通西北军，让西北军后退三十里，一万元退一里，造成西北军失败中央军胜利的假象。公债果然上涨，他们就将手中公债抛出，从中大赚一笔。谁会想到，资本以这种方式参与战争，影响公债市场呢？马克思在《资本论》中指出："资本来到世间，从头到脚，每个毛孔都滴着血和肮脏的东西。"这话用来形容1930年上海的金融市场，非常切合。

二

冯云卿是从农村来到上海的乡下土财主，在上海金融市场里输得一塌糊涂。

他为了翻身，听从了何慎庵的鬼主意，唆使十六岁的女儿去勾引赵伯韬，以求获得内部信息，想在金融市场打个翻身仗。冯云卿刚听到何慎庵这个主意的时候，也是很震惊，然后是犹豫不决。

他脑子里有三样东西滚来滚去：女儿漂亮，金钱可爱，赵伯韬容易上钩。获得金钱的目的最后占了上风，他决定与女儿谈谈，最后下定了决心，他的想法是：

> 既然她自己下贱，不明不白就破了身，那么，就照何慎庵的计策一办，我做老子的也算没有什么对她不起；也没有什么对不起她已死的娘，也没有什么对不起我的祖宗！

冯云卿唆使女儿去勾引他人，而且还指责女儿，把负罪感转移到女儿身上。这可谓寡廉鲜耻，道德沦丧！

而他的女儿冯眉卿，在领会了父亲的意思后，并没有拒绝，毫无羞耻之感，相反好像心中窃喜。这又让人大跌眼镜。当然，我们也可以认为冯眉卿年纪轻轻，涉世未深，把赵伯韬看作明星似的人物，她的行为只是极端的追星行为。不管怎么样，冯云卿的行为，已经丧失了道德底线。他的道德意识已经被资本彻底击溃。

在《子夜》中，吴荪甫是核心人物，小说是将他作为上海工业界的王子来塑造的。

他在三条线索上作战。

第一条，他要处理家乡双桥镇农民暴动带来的资金变动。第二条，他要平息他自己所办的裕华丝厂的工人罢工。第三条，他吞并八个小厂、创办益中信托公司，需要周转资金。

最后，他不得不转移到金融市场，谋划捞取巨额资本。他以及他的两个铁杆哥们儿计划做空头。吴荪甫把他自己的工厂和房产抵押出去，获得了一笔现金，投入公债市场。吴荪甫他们三人这么做，还不能保证一定就能赢，他们需要另一个资本家杜竹斋的支持。杜竹斋是吴荪甫的妹夫，胆小多疑。为此，吴荪甫做了杜竹斋四次工作才让杜竹斋勉强答应，一起做空头。

可是，在最关键的时刻，杜竹斋背叛了吴荪甫他们，造成吴荪甫这次投资的全盘失败，工厂、房产全部输掉了。杜竹斋如果坚守同盟，是否会赢，不一定；但是杜竹斋背叛同盟，吴荪甫他们输，就一定！妻舅与妹夫的攻守同盟在资本的巨大诱惑力之下不堪一击。

从这一点来说，吴荪甫的失败，不是败在与赵伯韬的竞争上，而是败在杜竹斋的背叛上。吴荪甫只得离开上海，到外地避暑去了。

三

上述所说的三件事情，足以表明《子夜》中，资本以巨大的力量对道德发起了冲击。而在两者的对抗中，资本完胜道德。

那么，道德还有没有希望？在《子夜》中没有看到这种希望，不过，尽管吴荪甫遭到严重的打击，但并没有被彻底击倒，而是选择去外地避暑，留下了想象的空间。

我们还可以通过一部电影来理解这个问题。

获得第九十一届奥斯卡多个奖项的电影《绿皮书》很火,该电影根据真人真事改编,两位主人公的名字都是生活中人物原型的名字。

《绿皮书》讲述了这样一个故事:白人托尼·利普被黑人钢琴演奏家谢利博士雇用,作为司机和保镖护送谢利博士从纽约出发,去美国南方巡演,时间八周,谢利博士每周支付托尼·利普一百二十五美元。这是典型的雇佣关系,现在看起来报酬不高,但在20世纪60年代的美国,估计不低,因为这是托尼·利普自己提出的数字。

八周的旅程中,两人有过争执,有过冲突,也有过愉快的时光,他们严格遵守契约。圣诞节的夜里,他们结束旅程回到了纽约。当谢利博士拿着红酒出现在托尼·利普家里的时候,先是托尼·利普家的人非常吃惊,根本没有想到一位黑人会出现在圣诞节的家宴上;接着是托尼·利普的妻子给了谢利一个温馨的拥抱。

这时,你感到八周的雇佣关系升华为一种摈弃了种族隔阂的朋友关系。电影故事有了一个完美的结尾,十分感人,皆大欢喜。

但网上有消息说,谢利博士的后人指出,谢利博士与托尼·利普从来没有成为朋友。

这是真的吗？现实是否就真的这么冷冰冰？不过，我们更愿意看到电影的那种结尾，希望资本给人带来的还有理解与友谊！

人们应当肯定,并且宝贵的是什么

郜元宝讲路翎《财主底儿女们》之二

一

路翎(1923—1994)是中国抗日战争时期最有成就的一位文学天才。1940年,17岁的他就以短篇小说《"要塞"退出以后》登上文坛,从此一发不可收,在中短篇小说、文学评论和戏剧领域,都成果卓著,引人瞩目。

这里要说的是从根本上奠定路翎文坛地位的长篇小说《财主底儿女们》。该书动笔于1940年,1941年完成初稿,但不幸遗失在战火中。路翎并不气馁,很快又彻底重写,分别于1943年11月、1944年5月完成上下两部、80多万字的巨著。

路翎的挚友和文学导师胡风认为,"时间将证明,《财主底儿女们》底出版是中国新文学史上一个重大的事件",这"不但是自战争以来,而且是自新文学运动以来的,规模最宏大的,可以堂皇地冠以史诗的名称的长篇小说"。胡风还说，路翎以"青年知识分子"为辐射的中心点，让整个中国现代史都"颤动在这部史诗所创造的世界里面"[1]。

但路翎本人比较低调，他并不认为自己写出了"史诗"，他说他只是竭力想告诉读者和他自己，"在这个'后方'，这个世界上，人们应当肯定，并且宝贵的，是什么"[2]。应该说，正是这个创作动机推动年轻的路翎奋力完成了《财主底儿女们》。

小说所描写的许多人物确实都按照各自的方式，追求或失落了"应当肯定，并且宝贵"的东西，其中并非胡风所谓"青年知识分子"的金素痕，就是这样一个典型。

二

顾名思义，《财主底儿女们》的主角，应该是苏州大财主蒋捷三老人的三男四女（小说背景是1932年一·二八抗战到1941年苏德战争爆发这段时间）。但有趣的是，至少在小说上部，牢牢占据小说画面中心、

---

[1] 胡风《〈财主底儿女〉序》，引自"中国现代文学作品原本选印"路翎《财主底儿女们》（上），人民文学出版社，1985年3月第1版第1页。本文对小说正文的引用，均根据这一版本。
[2] 路翎《〈财主底儿女们〉题记》，同上书，第2页。

写得最出彩的并非蒋家三男四女,而是大儿媳妇金素痕。

金素痕年轻、美丽、富有,本来应该懂得感恩和满足,但出于人类贪婪的本性,她希望永远年轻,永远美丽,永远富有,因此她要抓住青春不放,最大限度地享受年轻和美丽,最大限度地攫取财富。

她的丈夫蒋蔚祖是苏州有名的富户蒋捷三最宠爱的长子,善良、聪慧、温顺而至于懦弱。他很满意自己的婚姻,深爱着活泼美艳的妻子金素痕。但金素痕贪恋物欲横流的世界,不懂得珍惜丈夫的爱,只知道如何把自己打扮得更漂亮,如何在社交场中更风光,如何博取更多男人的崇拜,如何跟蒋捷三老人及其众多子女斗智斗勇,从而获得更多财产,甚至渴望以大儿媳妇的身份支配和号令全家。

金素痕就是这样唯我独尊,对丈夫和家人颐指气使,颇有《红楼梦》里王熙凤的遗风。她经常纵情声色,彻夜不归,沉湎于对权力和金钱的追逐,直闹得沸反盈天,恶名在外。等到丈夫因她而发疯、自杀,这才终于有所觉悟,似乎知道了什么是"应当肯定,并且宝贵的",也似乎学会了如何去爱。但覆水难收,悔之晚矣。

这是金素痕人生悲剧的核心。

三

蒋捷三老人把妻子儿女都放在南京或上海,自己盘踞苏州,在中国最好的园林式建筑里安享晚年,同时遥控着苏、宁、沪沿线的庞大资产。陪伴他的是姨娘和姨娘庶出的几个幼小子女,还有大儿子蒋蔚祖与大儿媳妇金素痕。除了二儿子蒋少祖很早反叛家庭,出洋留学,蒋捷三并没有什么别的忧患,一家人其乐融融,相安无事。

打破这个局面的是金素痕。这个年轻的少妇越来越不满足于跟威严的公公和诗意的丈夫享受苏州的宁静,越来越向往现代化的南京与上海。她娘家就在南京,去不了上海,至少也要去南京。

终于机会来了。先是蒋家三女儿蒋淑媛要在南京举行30岁生日大派对,邀请南京、苏州、上海三地亲友参加。金素痕因此就有足够的理由带着凡事听命于她的丈夫一起去南京。其次,她声称此番去南京,不仅要祝贺蒋淑媛的生日,还要"进法政学校"学法律——她父亲金小川就是一个资深律师。金素痕的最终目的是摆脱蒋捷三的管束,"在南京长住下去",并以儿子阿静和丈夫蒋蔚祖来要挟蒋捷三,不断套取老人的钱财。

蒋捷三早已洞悉媳妇的诡计,而"蒋家底人们对金素痕总怀着戒备或敌意，他们认为这是由于金素痕是，用他们的话说，罪孽深重的女人"，但因为蒋蔚祖过于懦弱，过于依恋妻子，蒋捷三老人投鼠忌器，无计可施，只好为蒋蔚祖和孙子（当然也是为金素痕）在南京置地买房，源源不断地供给他们生活所需，蒋家众兄弟姐妹谁也不能干涉金素痕的自由。

到了南京的金素痕如鱼得水，很快就抛弃了苏州大户人家的规矩，过上南京暴发户的放荡生活。她父亲金小川名义上是律师，其实是卑鄙狡诈的诉棍，专门钻法律空子，从中牟利。姐姐则是一味玩弄男性（南京俗称"放白鸽"）的邪恶女人。尽管有各种传说（比如金素痕因为倒卖从蒋家偷来的文物古玩而与某个珠宝商打得火热），但小说实际上并未具体描写金素痕有什么婚外恋或婚外情。她只是物欲膨胀，轻看丈夫的痴情，喜欢在声色场所纵情挥霍享受，如此而已。

金素痕的堕落，首先因为她有金家人的某种邪恶基因，其次因为当时作为国民政府首都的南京上流社会有太多诱惑，而丈夫蒋蔚祖的懦弱客观上也助长了她的气焰。

蒋蔚祖因为对妻子的爱得不到回报，陷入无边的失落、猜疑、嫉妒、愤恨与焦虑。但他平时只能压抑这些负面情感，轻易不敢也不愿对金素痕发作。在蒋家人面前，他还要竭力为妻子辩护，也为自己的面子辩护。最后，因为三妹蒋秀菊证据确凿地说她"看见嫂嫂，在汽车里，另外有一个男人"，蒋蔚祖这才顷刻之间精神崩溃，变成一个疯疯癫癫的痴汉子；虽然还残存着一丝理智，但绝大多数时间并不清醒。

丈夫发疯，对金素痕打击不小。她习惯地轻视丈夫的痴情，却并没有对丈夫绝情，甚至还爱着（至少是怜惜和关心着）这样的丈夫，因此丈夫发疯令她十分痛苦和惶恐。她先是把丈夫带回苏州，希望和蒋捷三老人一起寻求医治。后来又把丈夫带回南京，"向老人发誓说，她要医好蒋蔚祖"。

可惜药石无灵，蒋蔚祖清醒、康复的希望越来越渺茫。"于是，绝望的、痛苦的金素痕便进一步地委身于荒唐的生活"，在变态的物欲享乐中寻找片刻安慰。但这又进一步刺激了蒋蔚祖残存的理智，加深了他的疯狂。

时而清醒时而疯癫的蒋蔚祖痛恨妻子的背叛，企图报复，却又改变不了对妻子习惯性的依恋，不忍决裂，倒是千方百计想挽回妻子的心，博取她的温柔与怜悯。而当金素痕赌咒发誓要回到他身边，要忠于他一个人时，蒋蔚祖又反弹性地表示怀疑，认为金素痕还是在欺骗他。

在疯狂的道路上，蒋蔚祖越走越远。他那如怨鬼一般无休止的纠缠令金素痕生不如死。此外金素痕也不得不承受来自蒋家和社会的巨大压力，再也无法心安理得，享受罪中之乐了。

四

蒋捷三得知蒋蔚祖回到南京后病情加重，就更加挂念儿子，憎恶金家人。他命令管家把蒋蔚祖召回苏州。为防止心爱的儿子逃回南京的魔窟，"愤怒的老人锁上了蒋蔚祖"。与此同时，老人开始整理家产，预先分给每个子女。但他不懂现代法律常识，被钻了空子，遭到金小川金素痕父女的起诉。

给蒋捷三老人雪上加霜的是，浑浑噩噩的蒋蔚祖竟然趁乱逃回南京，被精明的金素痕一把抓住，以爱的名义哄骗他待在一间无人知晓的空屋（其实是被软禁起来），而金素痕本人则装扮成死了丈夫的寡妇，从南京赶到苏州，向蒋家要人。

小说写金素痕在火车上一路不曾合眼，"她伏在车窗口底刺骨的寒风里,对自己轻轻地说话,怜恤着自己,想着自己底未来"。陷入恐慌的女性很容易激发起这种自我保护意识。走进苏州的蒋家大门时，她又暗暗对自己说："我不下手，别人就要下手了！那么就死无葬身之地！"金素痕就是怀着这样一种欺骗和抢劫的凶心，在蒋捷三老人和一大帮用人的阻扰下，硬是抢走蒋家所有文契，迅速逃回南京。

不得已，蒋捷三只好扶病，冒着严寒再次赶到南京，向金家索要文契和蒋蔚祖。金小川金素痕抵死不承认蒋蔚祖在金家，反而向蒋家要人。在南京的蒋家老宅，金素痕以一人之力对抗蒋家十几口"愤怒的妇女们和抱着手臂的男子们"，全无惧色。蒋捷三没有办法，竟然在寒冬腊月，抱病领着三个警察，在南京城到处寻找想象中被金素痕谋杀或露宿街头的蒋蔚祖，最后无功而返。

但是，取得阶段性胜利的金素痕并没有真正高兴起来，反而感到很悲哀，"她发觉自己年岁增大，华美的时代已经过去"。她对一度被蒋家人抢去的失而复得的儿子阿顺倍感珍惜，"最不幸的，是她此后必得担负蒋蔚祖底命运。蒋蔚祖此后除了是她底发疯的丈夫外，不再是别的什么了"，"她在深夜里醒着，静静地躺着，觉得自己底毁灭了的良知在复苏"。

带着这种悔罪的心情，大年初一，金素痕带着孩子，给被她软禁的蒋蔚祖送去年食和一个平凡的妇人的爱心。但她得到的只是蒋蔚祖的怀疑、不逊和报复。蒋蔚祖甚至怀疑金素痕要下毒害死他。过去看得比生命还重要的娇妻，现在已经不算什么了。不管金素痕如何洗心革面，如何祈求他的"可怜"，疯狂的蒋蔚祖绝不回心转意。他要金素痕放他回苏州，他要见始终宠爱着他的老父亲："一个女人算得什么！在这个世界上最大的恩爱是父子！"

无可奈何的金素痕终于决定让丈夫自由,不再软禁他了。但她万万没想到,唱着《红楼梦》"好了歌"的疯疯癫癫的蒋蔚祖本来可以坐火车,却突然决定步行回苏州。他在这个"荒唐的旅程"忍饥挨饿,乞讨,偷盗,奄奄一息之际,才被奉命寻找他的管家发现于常州火车站。

在蒋蔚祖逃走（失踪）后的半个月,与一切人所想的完全相反,金素痕度着痛苦、惶惑、在她热烈的一生最难以忘怀的一段时间："似乎她以前从未因蒋蔚祖而这样不安。她以前,在糊涂的英雄心愿和炽热的财产欲望下是那样的残酷、自私,而易于自慰。但现在她悲伤、消沉、柔弱、爱儿子,希望和蒋家和解。""她希望蒋蔚祖归来。后来希望得到他平安的消息。她向苏州发了那个电报,没有顾忌到她所念念不忘的人世底利害,没有想到这个电报是揭露了她底可耻的骗局。她要丈夫,她以为现在要医好丈夫是非常容易的。""她所需要的,并不是霉烂的生活,虽然这种生活显得荣华；她所需要的是煊赫的家庭地位,财产,和对亲族的支配权。""她所想象的与老头子的和解,是非常动人的","这个图画是十分旧式的,和她在南京所过的生活全然相反。和平要在废墟上建立起来"。

金素痕并不知道，就在蒋蔚祖被管家带回苏州的第二天，蒋捷三老人溘然长逝。她带着上述严重的不安和真诚的悔罪之心来到苏州，本来是要与丈夫、与公公和解的，可一旦知道自己比蒋家儿女提前一步赶上了老人的葬礼，就立刻意识到残酷的财产争夺战已经正式拉开帷幕，于是她一边真诚地哭灵（无人相信她的真诚），一边思考如何面对即将赶来的蒋家儿女们。

对金素痕来说，当务之急是要把丈夫蒋蔚祖这块筹码紧紧抓在手里，"金素痕最大的努力还是花在丈夫身上：她竭力使他倾向她，以便应付未来的战争"。可惜稀里糊涂的蒋蔚祖不肯合作，因此在激烈的财产争夺战即将爆发之时，孤立无援的金素痕又从天使变成魔鬼，露出自私、贪婪、残酷的本性。她褫夺了老管家的权柄，利用大儿媳妇的名分指挥一切。在蒋家儿女到达苏州之前，"她底第一批财物已经在运往南京的途中了"。

五

不出金素痕所料，先后到达苏州的蒋家人面和心不和，无法合力对付金素痕，在理直气壮要求"分家"的金素痕面前溃不成军。

但是，一度陶醉在节节胜利的诉讼中的金素痕很快又颓唐起来。这主要是因为蒋蔚祖的继续发疯令她无依无靠。她哀求蒋蔚祖,希望唤醒他,"使疯人回到初婚的回忆和少年的憧憬",跟她重新"过一种正直的生活"。但她只能得到受伤太深、无法痊愈的蒋蔚祖报复性的斥责和疯癫。她名义上有丈夫,实际上已经永远失去了,"她发觉了自己多日以来并未感到蒋蔚祖底生命"。蒋蔚祖"永恒地孤独"着,金素痕无论如何也无法与蒋蔚祖取得"心灵底深刻的和谐"。

她和蒋蔚祖一同跌入了人间地狱。

尚存一丝理智的蒋蔚祖不断诡秘地侦查金素痕是否还需要他。但不管金素痕如何表白,他总是无法判断金素痕情感的真实,总是继续怀疑、嫉妒、受伤,又痛恨自己意志薄弱和对人间温暖的留恋。恍惚中,蒋蔚祖纵火焚烧了他独居的屋子,并自以为不可被饶恕,因此开始流浪,混迹于被视为"渣滓"的南京城的贱民行列。

起初,金素痕以为蒋蔚祖已死,"确信自己,在这个人间,失去了往昔的寄托,明日的希望,主要的,疯狂的伴侣,是孤零了"。在独自"送葬"了蒋蔚祖之后,金素痕匆忙地嫁给一位年轻的律师。但即使再嫁之后,金素痕仍然确信自己还是爱着蒋蔚祖这个不幸的"书生",可怜的疯人。她的再嫁,只是为蒋蔚祖留下的寡妇孤儿找寻生活出路。她明知新的婚姻必将"势利和冷酷",也只能跳入其中。"她诚实地忏悔着,她底悲哀的热情吞噬了一切。在某一天早晨从恶梦里醒来的时候,蒋蔚祖就变成纯洁的天神活在她心里了"。她曾经在蒋蔚祖的灵堂哭诉:"蔚祖!蔚祖!你总知道我底心!我是你底素痕,无论在这个人间,还是在……九泉!蔚祖,一切都完了,我们做了一场恶梦!我们在应该相爱的时候没有能够爱,现在你去了,而我也不久了。我是一个罪恶的女人!……从此,我要在这个万恶的人间。"尽管如此,求生的意志还是帮助她"用一种非常的力量","压下了可怕的迷乱,结了婚",获得暂时平安。

六

金素痕的故事如果到此为止,她还算是不幸中的万幸。确实,她本来可以带着对死去的丈夫的忏悔和怀念,勉强享受新婚的安宁。没想到,死人竟然复活,四妹蒋秀菊偶尔在手执"二十四孝"的送葬的队伍里发现"已经死了好几个月的蒋蔚祖",把他带回大姐蒋淑珍家。蒋家人立刻围绕是否要把金素痕再婚的消息告诉蒋蔚祖而大起争执:瞒着他,免得他继续受伤害?告诉他真相,让他断念而重新做人?三姐蒋淑媛力排众议,坚持让蒋蔚祖知道了真相。

蒋蔚祖果然万念俱灰，再次逃离蒋家人，找到金素痕的新居，在达到了恐吓金素痕并差不多摧毁其意志的目的之后，纵身跳入长江。

金素痕看到鬼魅一样的前夫，刹那间几乎精神失常。她承认"我欠他的"。几天后，她果然带着孩子，离开第二任丈夫，在上海买房隐居，偶尔以行善聊以自慰，再也没回南京。

1937年八·一三淞沪会战爆发，政府发布疏散令，上海、南京两地开始大规模流徙。有人在码头遇到金素痕，"憔悴而苍白，眼睛陷凹"，不停地叹息"人生一场梦"，因为这时候她已经死了儿子，准备独自一人逃难去汉口。

作者写道，"这个可怜的女人，她底生涯中的灿烂的时日，是过去了。她在南京和苏州所作的那些扰动，是变成传说了。金素痕，在往后的时日，是抓住了剩下来的东西——金钱，而小心地、顺从地过活了"。

金素痕从此在小说中再也没有露面。战乱年月她将如何度过余生，谁也无法想象。但可以肯定,已经"变成传说"的"她在南京和苏州所作的那些扰动"，必将深刻烙印在她的内心。时间越久，她的悔恨与悲哀也会越发深重，而对于小说作者提出的问题，在这个世界上"人们应当肯定，并且宝贵的，是什么"，金素痕的回答应该最能发人深省吧？

吴妈与阿Q

郜元宝讲鲁迅《阿Q正传》

一

小说，尤其是中长篇小说，如果注重刻画人物，通常总会有人物形象的三个等级：首先是一两个主人公或中心人物，其次是若干地位居中、比较重要的人物，再就是分量不等的一些次要人物。

《阿Q正传》按今天的划分法，应该属于中篇小说，人物众多，阿Q无疑是中心人物或主人公，但似乎并没有地位居中的重要人物。读者熟悉的那些名头很响的人物，像不让阿Q姓赵的赵太爷，用大竹竿追击阿Q的赵大爷（即赵秀才），满嘴"妈妈的"、动辄给阿Q贴罚单的地保，"真正本家的赵白眼、赵司晨"，静修庵的老尼姑和小尼姑，以及阿Q瞧不起却又斗不过的"小D王胡等辈"，戏份有多少之别，但都可归入次要人物的范畴。

好的小说，主人公固然重要，次要人物也不容忽视。因为第一,主人公的世界缺不了次要人物。没有次要人物的陪衬与烘托,主人公就生活在真空,啥也谈不上了。第二,好的小说,次要人物本身往往也很精彩。《阿Q正传》上述一系列次要人物之所以名头很响,就因为鲁迅在描写他们时一丝不苟,虽然寥寥数笔,甚至一笔带过,却一个个活灵活现,妙到巅毫,让人印象深刻。

不仅如此,有些小说的次要人物看似简单,实则相当复杂,给读者的接受与阐释带来不小的挑战,一定程度上还会影响到我们对主人公的理解。

《阿Q正传》里的"吴妈"就是这样一个复杂的次要人物,不太容易一眼看透。

我们就来看看这个吴妈,究竟有多么复杂。

作者交代,"吴妈,是赵太爷家里唯一的女仆"。阿Q每次提到她,都情不自禁想到绍兴戏《小孤孀上坟》。据此推测,她大概是年轻守寡的"节妇",即"贞节的妇女"。

小说写有天傍晚,吴妈洗好碗碟,坐在厨房的长凳上,跟舂米间歇抽烟休息的阿Q"谈闲天"。谈着谈着,阿Q突然向吴妈求爱,连说两句"我和你困觉,我和你困觉",还"忽然抢上去,对伊跪下了"。

吴妈反应如何呢?鲁迅的描写很精彩,不妨照引如下:

一刹时中很寂然。

"阿呀!"吴妈愣了一息,突然发抖,大叫着往外跑,且跑且嚷,似乎后来带哭了。

接着就是赵府上下一片忙乱。少奶奶和隔壁邹七嫂出来安慰吴妈,防她寻短见,打包票说"谁不知道你正经"。赵秀才则拿着大竹竿追打阿Q,将阿Q驱逐出赵府,还连夜派地保对阿Q实行五项霸王条款的惩罚。

阿Q被剥夺得一贫如洗,不能再在未庄立足。他的命运急转直下。先是进城,作为"小脚色"参与偷窃,得到一点赃物,冒冒失失拿回未庄贩卖,算是风光了一回。但赃物很快卖完,不仅暴露了做贼的底细,而且又"用度窘"起来,最后稀里糊涂宣布要革命,却被革命后的政府当窃贼逮捕,枪毙了。

二

显然,阿Q的命运转折与悲剧结局,多少跟吴妈有关。但怎样理解和评价吴妈,有两派意见,分歧很大。

一派倾向于批评和责难吴妈,姑且称之为"倒吴派"。他们认为在这件事上,阿Q是无辜的,而吴妈的问题就很大了。

首先，吴妈果真如邹七嫂所说，是"正经"人，就不该留在厨房跟阿Q"谈闲天"。如此孤男寡女的局面，双方都必须回避，何况吴妈还是一个年纪轻轻的寡妇。

电影《阿Q正传》给吴妈添了很多戏，比如说吴妈曾经奉赵太爷之命通知阿Q去舂米，又给阿Q点亮油灯，还一边"谈闲天"，一边纳鞋底，这样吴妈就有理由留在厨房了。但小说只写她"谈闲天"，并未替阿Q点灯，也没有纳鞋底，更未曾奉赵太爷之命通知阿Q去舂米。吴妈是闲着没事，专门找阿Q"谈闲天"的。

其次，吴妈"谈闲天"也不好好谈，她唠叨的不是"太太两天没有吃饭哩，因为老爷要买一个小的……"，就是"我们的少奶奶是八月里要生孩子了……"，总之都跟男女之事有关。

要知道，阿Q自从在酒店门口公然调戏了小尼姑，就满脑子都是"女人，女人！……"，这是未庄一场不大不小的风波，吴妈应该有所耳闻。在这种情况下，吴妈还大谈男女之事，难道是要进一步强化阿Q对异性的渴望吗？赵太爷都快做爷爷了还纳妾，阿Q已过而立之年却仍然光棍一条，这种巨大的反差怎能不深深地刺激阿Q？所以不怪阿Q突然发痴，怪只怪吴妈偏偏哪壶不开提哪壶。

第三，阿Q调戏小尼姑当然很卑鄙，但并未如地保所说，竟然狂妄到"连赵家的用人都调戏起来"。我们看阿Q只不过在特殊氛围（封闭的厨房、和小寡妇吴妈单独相处、不停地被吴妈灌输老爷纳妾而少奶奶生孩子的信息）一时失控，冒冒失失向吴妈求爱，如此而已，并未对吴妈实行多么严重的性骚扰。

所谓"我和你困觉，我和你困觉！"固然粗鲁莽撞，但"忽然抢上去，对伊跪下了"，却又相当"文明"和"时髦":《伤逝》男主人公涓生向女主人公子君求爱，不也是这个姿势吗？

综合上述各种情况，吴妈的反应就显得过火了。

小说强调阿Q向吴妈求爱之后，"一刹时中很寂然"，这说明阿Q尊重吴妈，求爱之后，并未采取进一步行动，而是静静等候吴妈的反应。而所谓"一刹时中很寂然"，另一方面也说明，吴妈并非真的受了惊吓而完全失控，乃是在电光火石之间有过一定的思考权衡。她很可能意识到自己这回是引火烧身了，不该和阿Q独处，不该跟他"谈闲天"，这都于寡妇名节大有妨碍。想到这里，她才"愣了一息，突然发抖"。为保全名节，即使旁边没有别人，也必须防患于未然，于是一不做，二不休，索性把事情闹大，把将来万一败露的恶果全部提前推给阿Q。

如果说留在厨房，与阿Q独处，跟阿Q"谈闲天"，向阿Q唠叨赵太爷纳妾、少奶奶生孩子，都还是吴妈的无心之过，那么在并未受到严重的性骚扰，也并无第三者在场的情况下，吴妈不肯大事化小，小事化无，而是小题大做，闹得沸反盈天，这就完全是为了撇清自己而有意陷害阿Q。

吴妈这一闹，事实上可把阿Q给害惨了。所以阿Q最后的死，吴妈也要负相当的责任。

"倒吴派"还追根穷源，把问题上升到阶级意识和道德观念层面，说吴妈和阿Q一样都是用人，却没有正确的阶级立场，满心维护赵家的利益，凡事想着赵家，希望赵家为她做主，而置同一阶级的阿Q的生死于不顾。

另外吴妈的封建礼教观念根深蒂固，太看重虚伪的所谓寡妇名节。为保全这名节，不惜小题大做。另外小说还写道，"吴妈只是哭，夹些话，却不甚听得分明"，在赵府一班人面前，吴妈不可能说阿Q的好话，多半还是进一步撇清自己，抹黑阿Q。

如果吴妈没有这种不必要的寡妇名节观念，如果吴妈看到赵家是统治者，而阿Q才是阶级兄弟，她就不会这样了。她完全可以考虑和阿Q联手闹革命，甚至不妨和阿Q结成革命夫妻。这种大好局面被吴妈一手给断送。

再看吴妈害了阿Q，只拿到阿Q破衣烂衫的一部分纳鞋底，此外并未捞到任何好处，而且最终还是不明不白地离开赵家，进城打工去了。可见，吴妈落后的阶级意识和道德观念，不仅害了阿Q，很可能也害了她自己。

三

再看为吴妈辩护的"保吴派"是怎么说的。他们认为，"倒吴派"虽然顾及具体历史环境，但考虑得还不够彻底，对吴妈提出了不切实际的过高要求。

"保吴派"强调，在辛亥革命初期，全未庄的人都不懂"革命"是什么，怎么能要求吴妈认识到自己和阿Q属于同一阶级，联合阿Q反抗赵家、闹革命呢？实际上比起未庄其他人，吴妈还是看得起阿Q的。肯跟他一起"谈闲天"，就是看得起他的一个证据。

但这并不等于吴妈就懂得自己和阿Q都是被压迫阶级，更不等于她因此就必须接受阿Q那种毫无前奏、突如其来的可笑的求爱。

那么，吴妈不避嫌疑，掌灯后与阿Q孤男寡女在厨房里"谈闲天"，是否值得非议呢？"保吴派"认为，说这种话，本身就是封建思想作怪。像吴妈那种粗笨的乡下女人倒并没有这种肮脏的思想。

至于阿Q式的求爱，则是另一回事。那时候处于危险境地的不是阿Q，而是吴妈。俗话说"没有不透风的墙",万一传出去,阿Q毫发无损,吴妈可要身败名裂了。

所以要吴妈镇定自若,息事宁人,也太不切实际。阿Q向吴妈求爱,尽管和调戏小尼姑有所不同,但在吴妈看来也够吓人的。她不赶紧告发阿Q,还等什么呢?

吴妈大哭大闹,客观上确实将阿Q推到了绝境。但这在吴妈也是别无选择,我们不能要求吴妈大包大揽,承担事情败露之后可能产生的一系列恶果。这跟要求吴妈解放思想,丢弃传统的寡妇名节观念,对阿Q粗鲁而危险的求爱一笑了之,都是不切实际的幻想。鲁迅如果这样写,就不是吴妈,而是泼辣的王熙凤,或时髦的交际花了。

恰恰相反,正因为鲁迅写出吴妈阶级意识的淡薄和传统名节思想的顽固,甚至写出吴妈的自私自保,那才是真实的吴妈。

但这样的吴妈,是没有必要,也没有能力迫害阿Q的。

不是吴妈害了阿Q,而是未庄社会利用吴妈的遭遇为借口,令阿Q无立锥之地。

看来,为吴妈辩护能自圆其说,而批评和责难吴妈,也并非毫无道理。

或许我们只能说,真实的人和人的真实处境都是复杂多面的,让真实的复杂多面的吴妈跟同样真实的复杂多面的阿Q共同演这场"恋爱的悲剧",正是鲁迅的高明之处。如果让我们一句话就能说尽阿Q,一眼就能看穿吴妈,也就不是鲁迅了。

次要人物吴妈的复杂性,让我们再次领略到《阿Q正传》这样的文学经典的伟大。

瞧马伯乐这个人
郜元宝讲萧红《马伯乐》

一

20世纪30年代中期,萧红和萧军一起,从东北流亡到上海,很快和文坛盟主鲁迅结下深厚的友谊,得到鲁迅慈父般的呵护和大力支持。

鲁迅帮助萧红出版了她的成名作、长篇小说《生死场》,并高度评价这部小说,认为它展示了东北沦陷区人民"对于生的坚强,对于死的挣扎",显示了"女性作者的细致的观察和越轨的笔致"。鲁迅的评价一锤定音;著名作家茅盾与著名评论家胡风也纷纷跟进,对萧红大加称赞。

一夜之间,萧红成了当时女作家群中仅次于丁玲的第二号人物。

这以后,因为和萧军闹矛盾,因为1936年鲁迅逝世,更因为抗战形势急转直下,萧红又开始了痛苦的流亡生活,创作一度停顿。

直到20世纪40年代初到了香港,萧红的生活才安定下来。她再度投入创作,很快就几乎同时发表了两部长篇《呼兰河传》与《马伯乐》。

具有自传色彩的长篇《呼兰河传》再次展示了萧红的才华,深受读者喜爱。至于《马伯乐》,许多人只看到上半部,又因为这部小说主要描写普通中国人在战争期间的流亡生活,调子比较低沉、灰暗,跟"抗战文艺"的主流不甚合拍,所以一直被冷落。

20世纪90年代中期,"萧红热"再度升温,但大家经常谈论的还是《生死场》和《呼兰河传》。《生死场》确实展现了萧红狂放不羁的才气,但毕竟是处女作,谈不上精心的布局和老练的叙事。《呼兰河传》是一个转折,有意识地借鉴鲁迅的国民性批判来审视乡里乡亲,但也还有许多模仿的痕迹。鲁迅对《生死场》、茅盾对《呼兰河传》都先后发表过批评意见。

比较起来,《马伯乐》其实更加成熟。萧红1939年在重庆时酝酿这部另类的长篇,1940年春执笔于香港,1941年出版了十万字的"上部"。但直到80年代初,有学者才发现原来"上部"之后,《马伯乐》还有八万字曾在香港的杂志上连载,只是因为1942年1月22日萧红病逝于香港而未能完篇。

现在我们把新发现的八万字和之前的十万字合起来看,《马伯乐》的容量确实相当可观,它的整体成就很可能在《生死场》《呼兰河传》之上。如果只读《生死场》《呼兰河传》而不读《马伯乐》，就会忽略萧红最后奋力创作的这一部更加成熟的作品。

所以讲萧红，就绕不过她的《马伯乐》。

二

小说《马伯乐》的主人公就叫马伯乐，他是青岛一户殷实人家的大少爷，没有一点实际生活的能力，就知道向守财奴的父亲要钱，或偷偷变卖太太的首饰。他也曾说动父亲，资助他到上海开书店，结果才一个月就血本无归，灰溜溜逃回青岛，被家里人瞧不起。于是他感到家里待不下去了，拼命想逃出去。

马伯乐缺乏行动能力，却富于想象，可惜他的想象很简单，就是喜欢把事情一味地朝着最坏的方面去想。他是一个无所作为的悲观主义者。他唯一的作为，就是到处宣传大事不妙，大祸将至。再就是无论遇到什么困难，首先就想到逃跑。

九一八事变后，马伯乐找到借口，为全家将来的逃难打前站，从青岛只身来到上海。他发现上海人竟然歌舞升平，一点都不关心迫在眉睫的战争，甚至挤在商店门口抢购航空奖券，梦想发财。他感到匪夷所思，气不打一处来，就骂出他的口头禅："真他妈的中国人！"好像他本人不属于中国人之列。

确实，马伯乐觉得他比普通中国人境界更高。他是一个先知，或预言家。比如他在青岛海边看到日本人开了八十多艘战舰来黄海搞"演习"，就断定中日必有一战，于是决定全家必须离开青岛，逃往内地。

有这样的预见性和忧患意识，按说很不错，问题是马伯乐因此就不想好好活了，只想漫无目标地逃跑，而且仇恨跟他想法不同的所有人。

这种悲观主义、逃跑主义，他还美其名曰"国家民族意识"！但他压根儿就不知道什么叫积极备战，什么叫抵抗，什么叫战争期间的日常生活。

唯一能让他兴奋起来的就是"逃跑"。"逃跑"成了他人生的主题。

那么，马伯乐是不是痛恨战争，痛恨挑起战争的日本人呢？

也许大大出乎你的意料，马伯乐并不痛恨战争，也并不痛恨挑起战争的日本人。首先他一贯崇洋媚外。其次他觉得战争的到来是命中注定，没什么是非对错。更重要的是，他内心深处其实很感谢战争，因为战争的爆发让他确认了自己是一个先知和预言家，战争也给了他最好的借口，可以理直气壮地逃跑。不仅逃避战争，也趁机逃避他作为家庭的长子、女人的丈夫和三个孩子父亲的责任。

战争，逃难，还给了他许多意想不到的好处。比如，他只身来上海打前站的三个月，就很少刷牙洗脸。逃难嘛，干吗讲究这些！比如，一听到淞沪之战的炮声，他就去抢购大米，蛮横地把排队买米的妇女们挤到后面去，还自以为是地辩护说："这是什么时候，我还管得了你们女人不女人！"又比如，他逃到武汉，竟然闹了场恋爱，可一旦听说大武汉也将不保了，就立刻计划逃往重庆，新结识的恋人早被他抛到九霄云外。

所以他不恨战争，反而渴望战争早日降临。日本人迟迟不动手，他就焦躁不安，因为如果战争打不起来，他就不能名副其实地充当全家人的逃难总指挥，就得不到全家人的尊敬，至少他太太就不会从青岛逃到上海，乖乖地把私房钱带给他，让他来全权支配。

所以，马伯乐对大祸将至的预见性和警觉性，他的忧患意识、"国家意识"和"民族意识"，都是为自己做打算的冠冕堂皇的借口。就像作者在小说里指出的，"他爱自己甚于爱一切人"。他的唉声叹气、自怨自艾，实际上都是自怜自爱。

三

小说《马伯乐》没有引人入胜的故事情节，翻来覆去只写马伯乐怎样如惊弓之鸟，一边高喊"爱国主义"

的口号,一边骂着"真他妈的中国人",一边袖手旁观,无计可施,只知道一个劲儿从青岛逃到上海,从上海逃到南京,从南京逃到武汉,从武汉又准备逃往重庆。

这样一个胆小怕事、自怜自爱、凡事一走了之的逃跑主义者,心理当然特别脆弱。他经常咬着手帕或枕头,嘤嘤地哭个不休,非要他太太像哄小孩一样哄个半天,才能缓过劲来。这是永远长不大的巨婴式男性形象的典型,在他身上集中了萧红对中国男性众多负面因素的观察,正如在阿Q身上集中了鲁迅对中国人众多精神缺陷的总结。

在抗战期间,鼓舞人心的作品总是最受欢迎,甚至标语口号式的"抗战文艺"也聊胜于无。但萧红特立独行,硬是将极不信任的目光投到马伯乐这样一个乏善可陈的中国男人身上,极尽讽刺挖苦之能事。这在当时就很容易被看作是悲观、灰暗、泄气之作。

但"抗战文艺"其实需要萧红这样实事求是的勇气。总不能抗战一来,就不再反思民族精神的阴暗面和某些致命的缺陷,就要求作家们完全放弃理性的反思和冷静的解剖,完全赞歌一片。如果那样,恐怕也不利于抗战主体的精神建设。

《马伯乐》创作于如火如荼的抗战大背景下,但我们可以推而广之,把萧红对马伯乐式的中国男性的观察运用到别的时代,那么,萧红为鲁迅所肯定的"女性作者的细致的观察和越轨的笔致",就会益发显出其可贵。

在萧红眼里,中国男性是否都像马伯乐那样不堪吗?也不尽然。

就在酝酿长篇《马伯乐》的同时(1939年),萧红发表了《回忆鲁迅先生》。这篇独创性极强的长篇散文,避开鲁迅作品,也避开一切理性的分析和论断,采用跟《马伯乐》完全相同的散文笔法,琐碎记录鲁迅在日常生活中的待人接物,一言一行,一颦一笑。

她写道:

> 鲁迅先生的笑声是明朗的,是从心里的欢喜。若有人说了什么可笑的话,鲁迅先生笑得连烟卷都拿不住了,常常是笑得咳嗽起来。
>
> 鲁迅先生走路很轻捷,尤其使人记得清楚的,是他刚抓起帽子来往头上一扣,同时左腿就伸出去了,仿佛不顾一切地走去。

开头这样写鲁迅,可谓出人意料,石破天惊。

其实不仅开头,萧红将这种笔法一贯到底,通篇都是这样忠实记录鲁迅的日常生活,由此勾勒出她心目中的鲁迅形象。

鲁迅和马伯乐站在对立的两端，通过比较，我们可以更清楚地看到中国之大，不仅有精神空虚、人格猥琐、软弱无骨的渣男，也有精神充实、人格高大、强劲伟岸的英雄豪杰。

把《马伯乐》跟《回忆鲁迅先生》放在一起，可以看出萧红对中国男性的全面认识。

爱的缺失比钱的缺失更可怕
陈思和讲张爱玲《金锁记》

一

张爱玲的《金锁记》是文学史上的一部名篇,曾经获得评论界极高的荣誉。

在这篇小说发表不久,翻译家傅雷就化名"迅雨"发表评论,盛赞《金锁记》是张爱玲"目前为止的最完满之作,颇有《猎人日记》中某些故事的风味。至少也该列为我们文坛最美的收获之一"。海外最负盛名的文学史家夏志清教授更加直截了当地说:"据我看来,这是中国从古以来最伟大的中篇小说。"也许这些评价都有些过分,但我可以毫不犹豫地说,《金锁记》是张爱玲所有作品中最令人感到震撼的一部作品。

但是,对《金锁记》也有不同的理解。我先讲一个故事:十多年前,《金锁记》曾经被改编成话剧搬上舞台,当时编导都希望一位著名演员来主演曹七巧,这位演员是我的朋友,没想到她读了剧本以后婉言谢绝了。

为此，我就特意问她为什么不愿意扮演这个角色。她沉吟了一下，告诉我说：她读了剧本，却无法找到角色性格的内在"种子"。无法理解她一个做母亲的人，怎么会对自己的儿女有如此扭曲的毒恶。这位演员在舞台与银幕上扮演过各类母亲的艺术形象，可是在她眼里，像曹七巧这样的母亲形象实在太匪夷所思了。

所以，我们这一讲就从这里讲起：曹七巧和她的子女们。

《金锁记》创作于1943年，在故事的叙事时间上，大致可分三个时间片段。

小说一开始就说："三十年前的上海，一个有月亮的晚上……"接着又说，那两年正忙着换朝代，当指辛亥革命。那么，小说第一个片段是指1912年前后，曹七巧嫁到姜家才五年，已经生了一双儿女。接着一个片段就是十年以后，曹七巧丈夫和婆婆先后去世，于是有了大闹分家会的场面，时间应是1922年前后，儿子长白不满十四岁。然后故事慢慢地延续着。再到下一个时间节点，就是女儿长安已年近三十岁了。曹七巧破坏姜长安与童世舫婚姻的时间，应该是1940年前后。这样再留出一年时间，儿子长白的妾绢姑娘自杀，再过一两年时间，就轮到曹七巧带着仇恨死了——那正好是1943年。

于是，小说结尾说："三十年前的月亮早已沉了下去，三十年前的人也死了，然而三十年前的故事还没完——完不了。"这就是小说《金锁记》完整的时间概念。

据张爱玲的弟弟张子静回忆，《金锁记》故事是自有其本的。

故事来源于李鸿章家族中的一房家庭故事，人物基本上都有原型。但是发生在前两个时间节点的故事，1912年张爱玲还没有出生，1922年张爱玲才两岁，都不可能是第一手材料，多半是来自张爱玲听旁人叙说再加上她的特殊的写作才能，所以，这几个场面——曹七巧出场、叔嫂调情以及曹七巧大闹分家会的场面，主要来自她的艺术想象。这些场面都是小说中的精彩场面，也是最具匠心的场面，看得出张爱玲刻意模仿古典小说的许多艺术表现手法。

然而，姜家分家以后的故事，才使张爱玲有可能走进现实版《金锁记》的日常生活。小说后半部分的意境变得开阔，笔法越发近于写实，场面也走出了大家庭的模式，集中表现曹七巧与子女长白、长安之间的纠葛。如果说，小说前两个场面的曹七巧显得可笑可怜，那么到了后半部分——从曹七巧折磨儿媳妇芝寿、破坏长安婚姻两个故事中，刻画出这个人物性格中令人恐怖的一面。

二

现在，我们可以来讨论曹七巧与她的儿女的关系了。

首先我们要分辨清楚：是什么样的动力造成了她与子女之间的畸形关系？大约张爱玲的本意是强调曹七巧因为正常的情欲得不到满足，转而把财富视为命根子，为此她一生被套在黄金的枷锁里面，牺牲了自己本来可以享受的天伦，成为一个丑陋、刻毒、乖戾又不幸福、害人又害己的被异化的人，形成了这样的怪异人格。

这是张爱玲为这篇小说取名"金锁记"的原因。

张爱玲太看重金钱的力量了。她是这样来写晚年的曹七巧："三十年来她戴着黄金的枷。她用那沉重的枷角劈杀了几个人，没死的也送了半条命。她知道她儿子女儿恨毒了她，她婆家的人恨她，她娘家的人恨她。"这似乎是盖棺定论了。其实在早些年，曹七巧的丈夫还没死的时候，作家也写到了黄金枷锁的比喻："这些年了，她戴着黄金的枷锁，可是连金子的边都啃不到，这以后就不同了。"

我们从这两处关于黄金枷锁的描写中似乎可以体会："金锁"是在曹七巧三十五年前嫁入姜家豪门开始就被戴上了的。但在前十五年中，她忍受委屈、压抑情欲，苦心照料病人，并不能真正享受（支配）这个家庭的财产。在后二十年中，丈夫死了，家产也分了，她掌控了一大笔财产，足以过衣食无忧的寄生生活，但她还是不幸福，不仅不幸福，而且陷入了半疯状态的迫害症里。她与娘家婆家的亲戚都断绝关系，对子女苛刻狠毒，都是为了把财富紧紧抓在手里，唯恐旁人来谋取她的财产。这就是张爱玲对于《金锁记》原型的亲戚故事的解读。一般研究者也自然沿着张爱玲的思路来理解曹七巧。夏志清就是这样分析的："小说的主角曹七巧——打个比喻——是把自己锁在黄金的枷锁里的女人，不给自己快乐，也不给她子女快乐。"

但是，《金锁记》的阐释如果仅仅停留在"金锁"的隐喻上，那么，这部小说的后半部分的意义远远没有被发掘出来。"金锁"的隐喻在前半部分表现得很充分，因为曹七巧在丈夫的残废身体上得不到情欲的满足，唯一能够安慰她、约束她的就是对这个豪门家族拥有的财产的向往。可是，"金锁"仍然无法解释，小说的后半部分曹七巧为什么有了钱财还对自己的子女如此刻毒，为什么要破坏儿女们应有的幸福权利？这就是我们要追问的：在"金锁"以外，还有什么更为可怕的力量推动了曹七巧向自己的子女疯狂报复？

曹七巧不是西方文学经典里的守财奴的形象，如夏洛克、葛朗台、阿巴贡等，曹七巧的故事完全是一个中国故事，她的性格就是中国封建大家庭文化中锻铸而成的一种怪异的典型。更加隐秘地隐藏在她的身体内部发力，制约了她的种种怪诞行为的，不是对财产的欲望（这点在她的后半生已经得到满足），而是一个无法填补的巨大空洞似的欲望：性的欲望。这一点，傅雷在评论《金锁记》时已经注意到了，他尖锐地指出："爱情在一个人身上不得满足，便需要三四个人的幸福与生命来抵偿。可怕的报复！"

曹七巧本来是一个市井之女，家里是开麻油店的，她在做姑娘的时候，与猪肉铺的卖肉老板打情骂俏，油腻腻的猪肉给她带来虽然粗俗却又温厚的情欲。请注意：作家把曹七巧的情欲与猪肉联结在一起，直截了当地表现出她的情欲就是一种肉的欲望，物质的身体的性爱欲望。可就是这么一个充满肉体欲望的女人被嫁入豪门，去陪伴一个虽然有钱却没有好身体的男人。她男人从小患软骨病，虽然不影响生育，但是肌肉萎缩的身体，与曹七巧向往的强壮的男性肉体大相径庭，这样就能够解释曹七巧为什么嫁入姜家后连续生有一双子女，依然不能满足她的身体欲望。小说开始部分就描写在老太太的起坐间里，曹七巧与小叔子姜季泽的调情。姜季泽是个纨绔子弟，一来生得风流倜傥，身体结实，二来是在外吃喝嫖赌无所不为，没有道德底线。这两个条件都符合曹七巧的感情意愿，她主动出击,挑逗小叔。

这一场面,作家这样写道:

> 七巧直挺挺的站了起来,两手扶着桌子,垂着眼皮,脸庞的下半部抖得像嘴里含着滚烫的蜡烛油似的,用尖细的声音逼出两句话道:"你去挨着你二哥坐坐!你去挨着你二哥坐坐!"她试着在季泽身边坐下,只搭着他的椅子的一角,她将手贴在他腿上,道:"你碰过他的肉没有?是软的、重的,就像人的脚有时发了麻,摸上去那感觉……"季泽脸上也变了色,然而他仍旧轻佻地笑了一声,俯下腰,伸手去捏她的脚道:"倒要瞧瞧你的脚现在麻不麻!"七巧道:"天哪,你没挨着他的肉,你不知道没病的身子是多好的……多好的……"

这一段描写很像《水浒传》里的潘金莲与西门庆的调情场面,但是用在张爱玲笔下,强烈体现了曹七巧对男性健康身体的生理需要,她的语言近似于梦呓,直接地、无羞耻地倾诉出来。傅雷在分析曹七巧时用了"爱情"这个词,其实不是很恰切,在曹七巧的感受里,爱情不包括精神性的愉悦追求,甚至也不是生儿育女中，她终于发现姜季泽完全是在欺骗她的感情，而且是蓄谋已久的欺骗！难道还有比热恋中准备牺牲一切去爱的女人突然发现男人始终在欺骗她更加可怕的事情吗？曹七巧爆发的愤怒以及赶走季泽，不是为了捍卫财产，而是为了被欺骗的感情。失去了爱的痛苦远远超过了对财产的占有欲，是姜季泽的欺骗才使曹七巧全面崩溃，从此她失去了与现实的接触，对什么人都不再信任。此时此刻，她穷得只剩下钱了。

爱的缺失比钱的缺失更可怕。爱情、性欲、男欢女爱，那是生命的元素，是与人的生命本质联系在一起的，爱的缺失会导致生命的缺失，生命就不完整不健康，没有爱的生命就是残废的生命、枯槁的生命；然而钱和物质只是在一小部分的意义上与生命发生关系，大部分只是人生的元素，它只能决定人的日子过得好不好，缺失钱的人生肯定不是好的人生，但并不影响生命本质的高尚与饱满，更不能决定人在精神上的追求和导向。所以，曹七巧面对的不仅仅是金锁的桎梏，更残酷的是她即使想打碎金锁，仍然得不到真正的爱与异性的健康肉身。在这种地方特别能显现出张爱玲创作的现实主义力量，她往往不给生活留一点暖色，因为她本人也不怎么相信人间确有真爱。

所以在小说的后半部分，曹七巧并不是死死守住黄金的枷锁专与子女过不去，而是她无可奈何地被锁在黄金的枷锁里,忍受着欲火的煎熬,——终于把她熬得形同厉鬼,转过身来害周围一切被她逮着的人。不幸的是,由于她把自己封闭在黄金的枷锁里,她周围的人只有自己的子女。张爱玲在这个人物身上完全抽去了作为母亲的元素,把曹七巧变成人不人鬼不鬼的恶魔典型。

三

曹七巧与儿子长白是什么关系呢?小说这样写道:

> 她眯缝着眼望着他,这些年来她的生命里只有这一个男人,只有他,她不怕他想她的钱——横竖钱都是他的。可是,因为他是她的儿子,他这一个人还抵不了半个……现在,就连这半个人她也保留不住——他娶了亲。他是个瘦小白皙的年轻人,背有点驼,戴着金丝眼镜,有着工细的五官,时常茫然地微笑着,张着嘴,嘴里闪闪发着光的不知道是太多的唾沫水还是他的金牙。他敞着衣领,露出里面的珠羔里子和白小褂。七巧把一只脚搁在他肩膀上,不住地轻轻踢着他的脖子,低声道:"我把你这不孝的奴才!打

几时起变得这么不孝了？"

张爱玲写作不避鄙俗，这样的令人难堪的场面她都敢如实写出来，我们读了上面这个片段，面对这样的母子关系，能不感到恶心吗？接下来她就描写这对母子双双蜷缩在鸦片榻上的卑琐情景：

> 久已过了午夜了。长安早去睡了，长白打着烟泡，也前仰后合起来。七巧斟了杯浓茶给他，两人吃着蜜饯糖果，讨论着东邻西舍的隐私。七巧忽然含笑问道："白哥儿你说，你媳妇儿好不好？"长白笑道："这有什么可说的？"七巧道："没有可批评的，想必是好的了？"长白笑着不做声。七巧道："好，也有个怎么个好呀！"长白道："谁说她好来着？"七巧道："她不好？哪一点不好？说给娘听。"长白起初只是含糊对答，禁不起七巧再三盘问，只得吐露一二。旁边递茶递水的老妈子们都背过脸去笑得格格的，丫头们都掩着嘴忍着笑回避出去了。七巧又是咬牙，又是笑，又是喃喃咒骂，卸下烟斗来狠命磕里面的灰，敲得托托一片响。长白说溜了嘴，止不住要说下去，足足说了一夜。

结果到了第二天，长白说的关于媳妇的隐私都变成了七巧在牌桌上的闲话，最后间接导致了儿媳妇芝寿的死亡。当然不能说世界上不存在这样一种变态的母子关系，在这种关系中的曹七巧，早已经丧失了母性，堕落成一个被性饥渴折磨得没脸没皮的女人。

如果说，曹七巧与儿子长白之间的畸形的母子关系，还是来源于封建家庭里的种种罪恶的生活真实，那么，曹七巧对女儿长安的态度就更加过分，更加刻毒了。曹七巧用尽手段来破坏长安的婚姻，当然不是舍不得陪嫁而阻止女儿的婚事，更不是舍不得女儿出嫁，怕她以后过苦日子，曹七巧心里对儿女的（哪怕丝毫的？）爱早就荡然无存了。

我们从曹七巧几次诅咒长安的刻毒话语中，可以体会她的情绪复杂混乱，既是一个没落的老女人对时代潮流（男女自由交际）的抗拒，也有对姜家豪门的极度怨恨与快意复仇。但这都不是最根本的理由，如果从生命形态而言，就是一个性饥渴的老女人不愿看到自己女儿有正常的婚姻生活。她无法理性地掌控把自己折磨得死去活来的情欲：一听到儿子与媳妇的隐私，就莫名兴奋，丑态百出；一听到女儿私下恋爱，心里就蹿起无名之火，不择手段地进行破坏。

从外人看来，曹七巧就是一个半疯状态下的变态者，但从内心来分析，正如张爱玲在小说的结尾时描写的一段话：

> 她摸索着腕上的翠玉镯子，徐徐将那镯子顺着骨瘦如柴的手臂往上推，一直推到腋下。她自己也不能相信她年轻的时候有过滚圆的胳膊。就连出了嫁之后几年，镯子里也只塞得进一条洋绉手帕。十八九岁做姑娘的时候，高高挽起了大镶大滚的蓝夏布衫袖，露出一双雪白的手腕，上街买菜去。喜欢她的有肉店里的朝禄，她哥哥的结拜弟兄丁玉根，张少泉，还有沈裁缝的儿子。喜欢她，也许只是喜欢跟她开开玩笑，然而如果她挑中了他们之中的一个，往后日子久了，生了孩子，男人多少对她有点真心。七巧挪了挪头底下的荷叶边小洋枕，凑上脸去揉擦了一下，那一面的一滴眼泪她就懒怠去揩拭，由它挂在腮上，渐渐自己干了。

这个从"滚圆的胳膊"到"骨瘦如柴的手臂"的比喻，夏志清教授赞扬为"读者读到这里，不免有毛发悚然之感"。在我的理解，这个比喻依然在通过曹七巧的身体变化暗示情欲对人的生命的摧残，由此才会引申出曹七巧弥留之际对她人生道路的反省，以及对人生另一种可能性的向往。张爱玲对这个麻油店女人作践挖苦够了以后，也隐隐约约地流露出一丝同情来。

曹七巧无疑是现代文学史上的艺术典型之一，是个独一无二的人物。但在曹七巧与她的儿女之间的敌对关系中，她失落了作为母亲最本质的元素——母性，正因为这种人性的缺失，使曹七巧性格变得黑暗愚昧，没有一丝暖意和亮点。我的朋友不愿意出演这个角色是有理由的，作为一个演员，在她还没有找到这个角色性格的内在种子的时候，放弃也是对艺术的严肃态度。她还对我说："其实母亲的元素，本来是多少可以在曹七巧的自我折磨中起到一点挽救作用，可惜张爱玲不了解这一点，再坏的人，做了母亲对子女也是有爱的。"于是我想起了张爱玲的《小团圆》，即使对她自己的母亲，也是充满了误解与偏见。